世界少年经典文学丛书

玛丽·波平斯阿姨回来了

[英]特拉佛斯 著
徐 岩 编译

中国出版集团 现代出版社

图书在版编目(CIP)数据

玛丽·波平斯阿姨回来了 /（英）特拉佛斯（Travers,P. L.）著；徐岩编译. —北京：现代出版社，2013.2　（2025.1重印）

ISBN 978－7－5143－1253－9

Ⅰ. ①玛…　Ⅱ. ①特… ②徐…　Ⅲ. ①童话－英国－近代－缩写　Ⅳ. ①I561.88

中国版本图书馆 CIP 数据核字（2013）第 021141 号

作　　者	特拉佛斯
责任编辑	刘春荣
出版发行	现代出版社
通讯地址	北京市安定门外安华里 504 号
邮政编码	100011
电　　话	010－64267325　64245264(传真)
网　　址	www. xdcbs. com
电子邮箱	xiandai@ cnpitc. com. cn
印　　刷	三河市嵩川印刷有限公司
开　　本	700mm×1000mm　1/16
印　　张	9
版　　次	2013 年 2 月第 1 版　2025年 1 月第 4 次印刷
书　　号	ISBN 978－7－5143－1253－9
定　　价	39.80 元

序　言

孩子是未来的希望，是父母心中的天使，是充满快乐的精灵。小学阶段更是孩子最快乐的时光，是孩子成长发育的黄金阶段。为了让孩子学习更多的课外知识，享受更加丰富的学习乐趣，我们策划了本丛书！

从小让孩子多读课外书，对培养孩子健康的心态和正确的人生观无疑将起着非常重要的作用。自《语文课程标准》公布以来，不少富有敬业精神、有才干的教师，在他们的教学中，担当起阅读教育的重担。他们在严谨的选材中，利用丰富的文学资源，向学生推荐了大量优秀的课外读物，实施了以“练成阅读和作文的熟练技能”为重要内容的阅读教育。大千世界充满了丰富的知识。阅读能丰富小学生的语文知识，增强阅读能力，提高写作水平，开阔视野，增长智慧。阅读本丛书，能够使孩子享受到阅读的快乐，激发起更浓厚的阅读兴趣，孩子的生活将充满新的活力与幸福！本丛书精选了世界名著和中国经典书目中流传最广、影响最大、最脍炙人口的作品，是培养小学生理解能力、记忆能力、创造能力的最佳课外读物。

最后需要指出的是，本丛书把世界上流传甚广的经典童话、寓言等也尽收其中，并将这些文学作品重新编写审订，使作品在不影响原著的基础上更适合少年儿童阅读，在丰富他们课余生活的同时提高语言和文字表达能力。本丛书通过科学简明的体例、丰富精美的图片等有机结合，使小读者不仅能直观地领略作品的精髓，而且还能获得更为广阔的文化视野和愉快体验。希望本丛书能成为孩子生活的一缕阳光照亮孩子前进的道路，能成为一丝雨露滋润孩子纯净的心灵。

编　者

前言

目　录

第一章 风 筝

这天清晨，所有的东西看上去都很整洁和明亮，就好像是整个世界在昨天晚上就已经打扫干净了。

樱桃树胡同每家每户的百叶窗全都拉了上去，窗玻璃开始闪烁发光了。街道旁的樱桃树被温和的太阳光照着，斑驳的树影投在了地上，就像一道一道黑颜色的条纹。整个世界到处是一片寂静，只有卖冰淇淋的人推着车子来来回回地走，车子上铃铛丁零丁零地响着。车子的前面还挂着个牌子，上面用笔写着：出售冰淇淋。

就在这个时候，有一个打扫烟囱的人拐到了胡同口，举起了他打扫烟囱时弄得黑漆漆的手跟他打招呼。

卖冰淇淋的人推着车子叮叮当当地朝他走了过去。

“请给我一便士的冰淇淋。”扫烟囱的人说道。他靠在那捆脏兮兮的长刷子上，站在胡同口开始用舌尖吃起了蛋卷冰淇淋。当冰淇淋被舔光了以后，他把蛋卷轻轻地包在了手帕里，并且轻轻地放进了口袋里。

“你不喜欢吃蛋卷?”卖冰淇淋人觉得他非常奇怪。

“不是。我收藏它们!”扫烟囱的人边说着，边拿起那捆脏兮兮的刷子走进了布姆海军上将的院子的正门。这是因为他的家里没有侧门，所以不管是谁都必须从正门进出。

然后卖冰淇淋的人就又开始推着车子叮叮当当地在胡同里走来走去了，一道道斑驳的树影和阳光洒在了他的身上。

“从来就没有这样安静过!”他嘟嘟囔囔地说着，并且东张西望地寻找着顾客。

就在这个时候，十七号的门口传来了扯大嗓门的吵闹声。于是卖冰淇淋的人赶紧推着车拐到了十七号的门口，希望能有人来买他的冰淇淋。

“我再也受不了这些糟糕的事了！我受不了了！”班克斯先生一边叫着，一边非常生气地在门和楼梯口之间大步地走来走去。

“到底出了什么事啦？”班克斯太太急忙从餐厅里出来，着急地问道。“你为什么要在门廊里面咚咚地来回走个不停？”

班克斯先生生气地把脚一踢，就看见了一样黑糊糊的东西飞上了楼梯。

他气愤地咬牙切齿道：“我的帽子！那可是我最喜欢的大礼帽！”

他一下子又跑上了楼梯，然后又把帽子踢了下来。帽子在地板上转了好几圈，接着落到了班克斯太太的脚旁。

“它出了什么毛病吗？”班克斯太太着急地问道。可实际上她却是在担心，会不会是班克斯先生出了什么毛病。

“你自己看看吧！”他生气地对她大声吼道。

班克斯太太弯腰哆哆嗦嗦着捡起了帽子，原来帽子上全部都是一大滩一大滩黏稠的、亮晶晶的脏东西，还带有一股奇怪的味儿。

她在帽子的边上闻了闻。

“有点像是鞋油的味儿，”她不敢确定。

“就是鞋油，”班克斯先生粗鲁地说道。

“罗伯逊·艾竟然敢用鞋油来刷我的帽子……一点儿也没错，就是用鞋油刷了我最喜欢的帽子。”

班克斯太太吓得张大了嘴巴。

“我真不明白这个家都成了什么样子了，”班克斯先生继续生气地往下说。“没有任何一件事情是对的……都不知道已经有多长时间了！不是刮胡子的水特别烫，就是吃早餐时咖啡非常凉。然后现在又出了这么一档子事！”

他一把从班克斯太太的手里把帽子给抢了过来，接着又抓起了皮包。

“我走了！”他气愤地说。“我说不准还会不会回来。说不定我就坐船出远门了，走得很远很远，再也不回来了。”

然后他就把帽子扣在了头上走了出去，还砰的一声把前门给关上了，急匆匆地走出了院子的大门，卖冰淇淋的人正在外面聚精会神地听着，被他一下子撞倒在地上。

“这都应该怪你自己!”班克斯先生气愤地说道。“你不应该站在这个地方挡着道!”他大踏步地走了出去，那顶被擦了鞋油的帽子在太阳光中就像钻石一样在闪闪发光。

卖冰淇淋的人小心翼翼地站了起来，并看了看有没有伤筋动骨，接着就坐在了人行道上，决定痛痛快快地吃一顿冰淇淋……

“噢，我的天哪!”班克斯太太在听见院子门被砰的一声给关上以后，大叫了一声。“一点儿也没错，这些日子好像什么都不对头，坏事情一桩接着一桩的，自从玛丽·波平斯一声不响地走了以后，所有事情就都没有对头过。”

她一屁股坐在了楼梯上，掏出手帕捂着脸呜呜地哭了起来。

她一边哭，一边想着自从玛丽阿姨突然莫名其妙地走了之后发生的所有事情。

“就只在这里过了一夜，第二天就走了……这样最伤脑筋了!”班克斯太太哽咽地说着。

在玛丽阿姨走后不久，他们请来了保姆格琳，可她只呆了短短的一个星期就走了，因为迈克尔对着她吐口水。接着又请来了保姆布朗，可她也走了。而保姆布朗走了之后又请来了管家奎莉小姐，最后也只好请她离开，因为她每天吃早饭前都会练习三小时的钢琴指法，这烦人的声音班克斯太太可经受不住。

班克斯太太继续用手帕捂着脸抽抽搭搭地哭着说：“后来嘛，简出了一次麻疹，浴室里的热水锅炉爆炸了，就连樱桃树也遭到了霜冻……”

“太太，真对不起……”班克斯太太听见后抬起头来，只见厨娘布里尔太太正不悦地站在了她的身旁。

“厨房里的烟道起火了!”布里尔太太阴沉着脸说道。

“噢，我的天哪，我真不知道到底还会出些什么乱子?”班克斯太太嚷嚷起来。“你赶快去叫罗伯逊·艾先把火给灭掉。他现在在什么地方?”

“太太，他已经睡了，就在放扫帚的柜子里睡着了。只要那个家伙一睡着，哪怕是发生了地震，哪怕是有个乐团兵来敲锣吹号也弄不醒他的。”布里尔跟着班克斯太太下楼到了厨房，一边走一边说道。

她们两个总算是尽最大努力把火给扑灭了，可班克斯太太的苦难还远远没有结束。

刚吃完中饭，她就听见楼梯上轰的一声好像是倒下了什么东西，紧接着又传来了很响地砰的一声。

“不知道这回又出了什么乱子……”班克斯太太急匆匆地冲出去看。

“我的腿，噢，我的腿！”女仆埃伦哀嚎道。

她一屁股坐在了楼梯上大声地呻吟，身边全都是打破了的碎瓷器片。

“你的腿怎么啦？”班克斯太太担心地问道。

“肯定是断了！”埃伦软软地靠在楼梯栏杆上，沮丧地说道。

“不可能。埃伦！只是扭伤了脚踝骨。”

可埃伦又大声地呻吟了起来。

“我的腿肯定是断了！我应该怎么办呢？”她悲惨地叫了又叫。

正在这个时候，儿童室里又传来了双胞胎刺耳的哇哇的哭声。他们为了得到蓝色的赛璐珞鸭子疯狂地打了起来，他们的哭声甚至盖过了简和迈克尔激烈的争吵声。简和迈克尔正在墙上画着画，哇啦哇啦地在争论着绿色的马是不是会有紫颜色的或者红颜色的尾巴。在这片激烈地吵嚷声中，还夹杂着埃伦的呻吟：“我的腿肯定断了！我应该怎么办呢？”它就好似是有板有眼的擂鼓声。

“又来了一桩，这不是想要我的命吗？”班克斯太太奔上了楼梯，把埃伦扶到床上去躺着，用凉水浸湿了绷带，包住她受伤的脚踝骨。接着她又上儿童室去了。

简和迈克尔一下子向她扑了过来。

“它应该有一条红色尾巴的，是不是呀？”迈克尔问道。

“噢，妈妈！你再别让他说傻话了。马是没有红色尾巴的，我说的对吗？”

“那么请问什么样的马有紫颜色的尾巴？你说呀！”迈克尔尖声大叫道。

“那是我的鸭子！”约翰一把夺过了巴巴拉手里的鸭子，哇哇大叫。

“是我的，这个是我的，鸭子是我的！”巴巴拉又一把把它给抢了回来，也哇哇地嚷道。

“孩子们！亲爱的孩子们！”班克斯太太真的是一点办法都没有，只好搓着她的双手叫道。“能不能别闹了，我都快要疯了！”

几个孩子居然一下子就安静了下来，好奇地盯着她看。他们都在思考：难道她真的会疯吗？她疯了会是什么样子？

“够了！”班克斯太太说，“我不要听到你们这样大声的吵吵闹闹。倒霉的埃伦的脚踝骨伤了，没有人能来照顾你们了。你们马上到公园里去，不到吃茶点的时候不准回来。简和迈克尔，你们必须得照料好弟弟妹妹。约翰，现在你先把鸭子还给巴巴拉，到了上床的时候再把鸭子给你。迈克尔，你可以把你的风筝带过去。好了，你们现在都把帽子给戴上吧！”

“可我还想把我的马画完……”迈克尔不高兴地说道。

“我们为什么要到公园里去？”简生气地抱怨说。“在那个地方没有事可以干。”

“因为现在我必须安安静静待一会儿，”班克斯太太无力地说。“如果你们听话上公园去，做个听话的好孩子，到喝茶的时候我就给你们爱吃的椰子蛋糕。”

他们还来不及大声欢呼，班克斯太太就已经给他们戴上帽子，赶着他们下了楼。

“你们在过马路的时候一定要注意两边仔细瞧瞧！”这个时候简推着双胞胎的摇篮车，迈克尔也带着风筝，正打算要走出院子大门的时候，她在后面大声地嘱咐着。

他们先往右边看了看，没有车过来。

他们又往左边看了看，除了卖冰淇淋的在胡同口摇着铃铛吆喝着，其他一个人也没有。

简赶紧过了马路。

迈克尔也紧跟着她。

“我一点儿都不喜欢这样的日子。”他可怜兮兮地对着风筝说道。“所有的事情都不对。”

简一直把摇篮车推到了湖边。

“好了，”她说，“现在请把鸭子给我吧。”

双胞胎在车子的两头被气得哇哇大叫，激动地抢着鸭子。简使劲掰开了他们的手指头。

“快看!”她边说着边把鸭子扔进了湖里。“快瞧，亲爱的小宝贝们，鸭子要一直游到印度去啦!”

鸭子在水上漂着。双胞胎可怜巴巴地看着它，抽泣着。

简环绕着湖跑动，捡起了鸭子，又把它放到水里去。

“这次好了，”她高兴地说道，“这一回它出发去南安普敦了。”

但是双胞胎并没有觉得有多好玩。

简张开了双手，无奈地说道：“迈克尔，我们应该拿他们怎么办呢?如果把鸭子给他们，他们要不停地抢，如果不给他们，他们又会哭个没完没了。”

“那我们放风筝给他们看吧。”迈克尔想了想说， “看，孩子们，快看!”

他举起了有黄有绿的漂亮风筝，并开始放线。双胞胎泪眼汪汪地看着他，一点兴趣也没有。迈克尔把风筝举过了头顶，跑了很长的一段路。风筝在空中飘扬了一阵子，然后就咔嚓一声落在了草地上。

“再来一次吧!”简鼓励地对他说。

“那么你来举着它，我来跑吧。”迈克尔说。

这一回风筝飞得高了一些。可它飞着飞着，飘动的长尾巴被椴树的一根树枝挂住了，风筝在树叶间随风飘动。

双胞胎顿时起劲地哇哇大叫了起来。

“现在鸭子上纽约了!”双胞胎听后哭得越来越厉害了。

“噢，我的天哪!”简说，“现在可真是没有任何一样东西是对的。”

“喂喂喂！这是怎么一回事?”他们的后面有人问道。

他们回头一看，发现原来是公园的看守人，他穿着整齐的制服，戴着个尖顶帽，样子非常神气。他正在用非常尖的手杖头戳起地上的垃圾。

简指了指椴树。看守人抬头一看，马上把脸板了下来。

“得了，得了，你们可是违反了公园规则！这儿是不许随便丢废纸的，你们明白吗，不管是你把它丢到地上还是抛到树上，都绝对不行!”

“那可不是废纸，那是一个风筝。”迈克尔生气地说道。

看守人顿时露出了傻傻的羞愧的表情。他走到了椴树那个地方。

“风筝？哦，是真的。我小的时候倒是有放过，但长大以后就再也没有放过了！”他一下子跳到了树上，轻轻地把风筝夹在了胳肢窝里然后又跳了下来。

“来，”他兴奋地说，“咱们把线拉紧了，然后跑起来，风筝就能够飞上去了！”他伸出了手想要去拿线卷。

但是迈克尔紧紧地抓住了它。

“谢谢你，但我想自己来放。”

“那好吧，不过你能不能让我帮帮忙？”看守人可怜巴巴地望着他说。“是我帮你把它拿下来的，再说我还是小的时候放过风筝，长大以后就再也没有放过了。”

“那好吧，”迈克尔温和地说，因为他不愿意别人觉得他很不客气。

“噢，谢谢你，太谢谢你了！”看守人感激地大叫道。“好，现在我拿着风筝朝前走十步。我一说‘放’，你就开始跑。明白吗？”

于是看守人大声地数着步子，朝前走了过去。

“七，八，九，十。”

他转过身来把风筝举在头顶上，大声地说道：“放！”

迈克尔开始跑了起来。

“放线吧！”看守人大叫一声。

迈克尔听见后面传来了一阵很轻的噼噼啪啪的声音。他手里的线卷飞快地转动着，他只感觉到线绷得非常非常紧。

“飞起来了！它飞起来了！”看守人大叫道。

迈克尔立马回过头去看。发现风筝正在不断地往上升，而且越升越高，黄黄绿绿的小纸片直冲蓝天。看守人吃惊地鼓出了眼睛。

“我从有见过这么漂亮的风筝，就连小的时候也没见过。”他仰望着天空嘟嘟囔囔地说。

一抹淡淡地云彩从太阳那边飘过来，掠过了天空。

“一朵云彩在向风筝飘过来。”简兴奋地低声说道。

风筝晃动着尾巴一直向上升，升啊升啊，直到在天空中变成了一个灰点。那朵云彩慢慢地向它飘了过来，越来越近了，越来越近了！

“风筝不见了！”迈克尔吃惊地说，这时灰点已经在淡淡的灰色的天幕的后面消失不见了。

简轻叹了一口气。双胞胎安安静静地在摇篮车里坐着，他们全都古怪地一动也不动。绷得很紧的线从迈克尔的手里直往上去，就好像把大家跟天空中的云彩连了起来，也把大地同天空连了起来。他们屏住呼吸等着风筝重新出现。

突然简忍不住了。

“迈克尔，快把它拉回来啊！”她大叫道，“拉回来吧！”

她把手搭在了绷得紧紧的、还有些微微颤动的线上。

迈克尔开始倒卷着转线轴，用力地收着线。可线依旧绷得紧紧的，一点也收不下来。他喘着气继续拉着线。

“好像收不下来了，”他说，“风筝似乎不愿意下来。”

“那我来帮你吧！”简说，“好，一起拉吧！”

可尽管他们拼命拉，线还是一动也不动，风筝好像躲在了云彩的后面。

“让我来吧！”看守人神气地说道。“我小的时候就是这么干的。”

他把手放在了简的手上面，然后狠狠地一拉，好像拉下来那么一点了儿。

“好吧……一起来吧……拉！”他叫道。

看守人扔下了帽子，脚用力地撑在草地上。简和迈克尔都在拼命使劲地拉着。

“终于拉下来了！”迈克尔喘着粗气说。

线一下子就松了，那转动的灰点子窜出了灰色的云朵，飘飘荡荡地下来了。

“快点儿收线啊！”看守人死死地盯着迈克尔，唾沫四溅地大叫道。

可线已经自动在线轴上倒卷了。

倒卷的线牵着风筝在空中不停地打转，拼命地跳动着，越飞越低，越飞越低。

简突然有点呼吸不畅。

“出了什么事！”她叫道，“那不是我们的风筝。样子完全不一样了！”

大家都目不转睛地看着它——风筝。

说得一点也没错。这风筝已经不再是黄黄绿绿的了，而是变成了藏青色的。它蹦蹦跳跳地落了下来。

迈克尔突然叫了起来。

“简！简！那根本就不是我的风筝。它好像是……噢，它似乎是……”

“快收线，迈克尔，快点收线！”简已经喘不过气来了，“我都要等不及了！”

这时他们朝高高的树梢顶上望去，究竟在线头上牵着的是什么东西，已经能够看得一清二楚了。原来那个黄黄绿绿的风筝消失了，换上了一个奇怪的熟悉身影在那儿飘动着，那人穿着一件银扣的蓝大衣，戴着一顶草帽，上面还有一圈用雏菊做的花环，那人的胳肢窝里夹了一把伞，一把伞柄是个鹦鹉的伞。那人的一只手里提着一个摇摇晃晃的毯子手提袋，另一只手则紧紧地抓住了越来越短的风筝线。

“唉呀，”简激动地欢呼道，“原来是她！”

“我也看到了！”迈克尔也在激动地叫，拿线卷的手也哆哆嗦嗦。

“哎呀！”看守人吃惊地看着那人说道，“哎呀！”

那奇怪的人继续往下飘着，她的脚轻轻地掠过了树梢。现在已经能看清那张脸和那些熟悉的特征了——乌黑的头发，闪闪发亮的蓝色眼睛，还有荷兰木偶式的翘鼻子。到最后那点线在线轴上自动卷完的时候，那个人就已经端端正正地降落在了椴树之间的草地上了。

迈克尔一下子激动地扔掉了线轴，飞奔着扑了过去，简也跟在了后面。

“玛丽阿姨，亲爱的玛丽阿姨！”他们高兴地叫着扑到了她的身上。

后面的双胞胎也像公鸡打鸣一样扯长了脖子喊叫着，看守人的嘴吃惊地一张一合着，像是想说点儿什么却又说不出话来。

“终于回来了！终于回来了！”迈克尔拼命地激动地叫着，抓她的手，抓她的手提袋，还抓她的伞，有什么就尽量抓什么，好像非要仔细地摸一摸才能彻底弄清楚这到底是不是她似的。

“我们就知道你一定会回来的！你的信上不是写着 au revoir 吗！”简边叫着边拦腰一把抱住蓝大衣。

玛丽阿姨的脸上闪过了一阵舒心的微笑。这笑容一直从嘴上浮上翘鼻子，再一路飘进了蓝眼睛，但很快就消失不见了。

“感谢你们还能记得我，”她边说着边甩开了他们的手，“但是这是在公园，而不是在动物园哦。你们这样我倒像是在动物园里了。还有，你们的手套呢?”

他们退后了好几步去翻自己的口袋。

“好吧！现在请把手套戴上!”

简和迈克尔既兴奋又无奈，哆哆嗦嗦地戴上了手套，然后又戴上了帽子。

玛丽阿姨快步地走到了摇篮车的旁边，然后把车上的带子束紧，接着把毯子拉挺，双胞胎发出了欢天喜地的咕叽声。然后玛丽阿姨向周围看了一圈。

“到底是谁把鸭子扔到湖里的?”她用他们非常熟悉的既严肃又高傲的声音问道。

“是我放的。”简说。“这是我替双胞胎放的，它打算上纽约去。”

“那你现在马上把它拿上来!”玛丽阿姨严厉地说，“它不想上纽约去，它只想回家吃茶点。”

她一边说着一边把毯子手提袋挂在了摇篮车的车把上，然后推着双胞胎向着公园大门口走去。

公园看守人突然能说话了，一把拦住了她。

“好!”他死死地看着她说，“这件事我必需得报告上去。这绝对是违反规定的，像这样突然地从天上下来。你是从什么地方来的，请问你到底是从什么地方来的?”

他一下子住了口，因为玛丽阿姨用不屑的眼神上上下下地打量着他，让他恨不得钻到地缝里去。

“如果我是一个公园的看守人，”她严肃地说道，“我就戴好帽子，扣好衣服了。现在麻烦你让开。”

她高傲地挥了挥手，让他靠边站着，接着推着摇篮车走了过去。

看守人羞愧地满脸通红，然后弯腰捡起了帽子。等他重新抬起头来的时候，玛丽阿姨和孩子们已经走进了十七号的院子里，看不见了。

他朝公园小路看了看，又仰头朝天上看了看，又低下头看了看小路。

他摘下帽子，搔了搔头，又重新戴上了。

“这种事我从没见过！”他疑惑地说道，“就连小的时候也都没有见过。”

他沮丧地咕咕叽叽地走开了。

“唉呀，玛丽·波平斯！”他们一走进门厅，班克斯太太就激动地叫起来，“你从什么地方来的？难道是从天上下来的吗？”

“一点也不错，”迈克尔欢天喜地地说，“她一把抓住了风筝线头……”

他突然住了口，因为玛丽阿姨狠狠地盯住了他。

“刚才我在公园里看到了他们，太太，”她向班克斯太太转过脸来解释说，“就把他们给带回来了！”

“你现在不会走吧？”

“太太，暂时不会走。”

“不过，玛丽，上次你一声不吭地就走了，我怎么知道你会不会又这样做呢？”

“你不会明白的，太太，”玛丽阿姨冷静地回答道。

班克斯太太大吃一惊。

“不过你……不过你觉得你会这样做吗？”她毫无把握地问。

“我没办法确定，太太，这一点我能够肯定。”

“噢！”班克斯太太沮丧地说了一声，因为这个时候她已经说不出别的话来。

当她还处在惊讶中的时候，玛丽阿姨已经拿起毯子手提袋，催促着孩子们上楼了。

班克斯太太跟在后面欣慰地看着，听见儿童室的门轻轻地关上后，她心中的一块石头终于落地了，她轻叹了口气，摇头跑到了电话的旁边。

“玛丽·波平斯已经回来了！”她对着电话听筒激动地说道。

“是吗，这是真的吗？”班克斯先生在另一头激动地说道，“那我可能也会回来。”

他挂断了电话。

玛丽阿姨上楼后脱下了大衣，把它挂在门后面。紧接着她脱下了帽子，把它挂在了一根床柱上。

简和迈克尔仔细地看着这些非常熟悉的动作。她把每件事都做得跟从前一模一样有板有眼的。他们很难想象她曾经离开过这里。

玛丽阿姨弯下腰来打开了毯子手提袋。

里面空空如也，就只有一个巨大的体温计。

“这东西是用来干什么的？”简好奇地问道。

“这是来给你量体温。”玛丽阿姨严厉地说。

“可我没生病啊！”简不高兴地抗议说，“我出麻疹已经是两个月之前的事了。”

“把嘴张开！”玛丽阿姨严厉的声音使简赶紧乖乖地闭上了眼睛，张开了嘴巴。体温计被塞了进去。

“我想要知道在我走了以后你听不听话。”玛丽阿姨板起脸严肃地说。接着她拿出了体温计，对着光看。

“粗心大意，呆头呆脑，不爱干净。”她像是在念着体温计上的字似地说道。

简吃惊地看着她。

“好吧！”玛丽阿姨说着又把体温计塞进了迈克尔的嘴里。他赶紧闭嘴叼住体温表，一直到她拿出来看。

“大吵大闹，顽皮惹事，让人头疼。”

“我根本不是这样的。”他生气地辩解。

作为回答，玛丽阿姨把体温表一直递到他的眼前，让他大声地把上面的红色大字大声念出来：

“大吵大闹……”

“是吗？”玛丽阿姨洋洋得意地看着他。然后她让约翰张开了嘴，把体温表给塞了进去。

“喜欢发脾气，这是约翰的体温。”

把巴巴拉的体温表拿出来的时候，玛丽阿姨读出了这几个字：“完全被宠坏了。”

“哼！看来这次我回来得正是时候！”

然后她把体温表塞进了自己的嘴里，过了好一会儿才拿了出来。

“人品出众，值得尊敬，做事靠谱。”

她把她自己的体温读了出来，高兴自豪的笑容让她的脸一下子亮了起来。

“我也是这么觉得的。”她得意洋洋地说道，“好，吃完茶点就立马上床睡觉吧！”

他们觉得在还不到一分钟的时间里，就已经喝完牛奶，吃了椰子蛋糕，还按照次序在澡室里洗完了澡。玛丽阿姨做事依然快如闪电。领钩立马就解开了，扣子一下子就离开了扣眼儿，海绵和肥皂就像闪电一样迅速地上上下下，毛巾一下子就被拧干了。

玛丽阿姨沿着床边走，给他们塞好了被子。她的那条浆洗过的白围裙咔咔地响着，身上还有着一股刚出炉的面包气味，非常好闻。

然后她来到了迈克尔的床边，弯下腰来在床底下仔细地找着，小心地拉出了她的行军床，把所有的东西整整齐齐地放在了床上。有一块日光牌的肥皂、一把牙刷、一盒漂亮的发夹、一瓶香水、一把小折叠椅、一盒润喉糖，还有七件法兰绒的睡衣、四件布睡衣、一双皮鞋、一副骨牌、两顶浴帽和一本明信片。

简和迈克尔吃惊地坐起来看着她。

“这些东西是从什么地方来的？”迈克尔好奇地问，“我都钻到床底下好几百次了，可我从来都没有见过这些东西。”

玛丽阿姨没有回答他，她开始自顾自地脱衣服。

简和迈克尔互相看了一眼。他们知道再问下去也没用了，玛丽阿姨是从来都不会回答的。

她脱下了浆硬的白领，接着摸了摸项链的接口。

“那里面装的是什么？”迈克尔看了看她挂在项链下面的小金盒好奇地问道。

“一幅画像。”玛丽阿姨回答道。

“是谁的画像？”

“到时候你们就会知道了，没到时候千万别问。”她厉声说。

“那到底还要多久才到时候呢？”

“到我离开的时候。”

他们用疑惑的眼睛死死地看着她。

“不过玛丽阿姨，”简担心地叫道，“你应该不会再离开我们了吧，对吗？噢，你快说你不会的！”

玛丽阿姨看了看她。

“如果一直跟你呆在一起，”她说，“我就真的不会有好日子过了！”

“那么你会留下来吗？”简心急得问个不停。

玛丽阿姨把金盒子放在手里上下掂了掂。

“我待到项链断了为止。”她简单地回答了一句。

她把一件布的睡衣披在了头上，然后开始脱衣服。

“那就没事，”迈克尔对那边床上的简悄悄地说，“我仔细看过那根项链了，它可是结实得很。”

他信心满满地向她点了点头。他们蜷缩在床上，看看玛丽阿姨在那个睡袍的帐篷底下神神秘秘地动着。他们想起了那些她第一次到樱桃树胡同时发生的事情，以及后来的那些让人吃惊的怪事；想起风向改变时她是怎么样撑着伞被风刮走的；想起了她走以后漫长而又烦恼的日子，以及她今天下午是如何奇迹般地从天而降的。

迈克尔突然想起了一件事。

“我的风筝！”他说着一下子从床上坐了起来，“我完全把它给忘了！我的风筝在什么地方呢？”

玛丽阿姨把头伸出了睡袍领子。

“什么风筝？”她不高兴地问道，“哪一只风筝？哪有什么风筝啊？”

“就是我那黄黄绿绿的风筝，还有条尾巴的。就是你驾着从天上下来的那只风筝，你挂在了它的线头上了的。”

玛丽阿姨死死地看着他。他不知道她是生气还是吃惊，看起来两样都有。

她说话的声音甚至比她的样子更加凶狠。

“我不知道你在说什么……”她咬着牙慢悠悠地重复着他的话，“你说我是从哪儿下来的，挂在风筝线头上？”

“可你就是这么下来的呀！”迈克尔声音都在发抖，“就是今天，从云彩的后面。我们都亲眼看见了的。”

“挂在风筝线头上？像猴子和陀螺？你这是在说我吗，迈克尔？”

玛丽阿姨气得身体比平时大了近一倍。她穿着睡袍，就像个巨人一样俯在他上面，生气地等着他的回答。

他一把抓住了床单，拿它当作防御阵地。

“迈克尔，别再说了！”简在她那边床上悄悄地提醒他。可他已经没办法停下来了。

“那我的风筝到什么地方去了？”他根本顾不上讲礼貌，一下大声地说了出来，“如果你没有像我说的那样……下来……那么我的风筝到什么地方去了呢？它根本就不在线头上了。”

“哈哈，你是想说风筝变成了我吧？”她讽刺地问道。

他发现再说下去也是白说。他没有办法解释，就只好认输。

“不，不，”他用非常轻非常轻的声音说。“不是的，玛丽阿姨。”

她转身关了灯。

“看来在我走了以后你在礼貌上根本就没有任何进步啊！”她刻薄地说道，“挂在线头上，真是的！我这一辈子从没有遭到过这样的侮辱。从来都没有过！”

她凶狠狠地挥了挥手，铺好床，跳了上去，用毯子蒙住了头。

迈克尔安静地躺着，仍旧紧紧地抓住床单不放。

“不过她确实是这样下来的，难道不是吗？我们都是亲眼看见的。”过了好一会儿他悄悄地对简说道。

简没有回答他，只是指了指儿童室的门。

迈克尔小心翼翼地抬起了头。

门后面的衣钩上挂着的是玛丽阿姨的蓝色大衣，银色的扣子在夜色中闪闪发光，大衣的口袋里拖出了一束黄黄绿绿的纸条，那正是迈克尔的风筝的尾巴。

他们死死盯住它看了好长时间。

然后他们互相点了点头。他们知道现在没话可说了，因为玛丽阿姨有许多他们永远也搞不清的秘密。可她现在回来了，这才是最重要的。行军床上传来了她均匀的呼吸声。他们感到平和，快乐和万事如意。

“简，绿色的马有条紫色马尾巴也可以，我没什么意见。”过了好一会儿迈克尔嘁嘁喳喳地说道。

“迈克尔，不!”简说。“我认为有条红尾巴要好得多。”

接着儿童室安静了下来，只听见了五个人平稳的呼吸声……

“扑哧扑哧扑哧!”这是班克斯先生在吸着烟斗。

“嘁喳嘁喳嘁喳!”这是班克斯太太打着毛衣。

班克斯先生把脚放到了书房的壁炉上，打着鼾。

又过了好一会儿，班克斯太太开口问道。“你还打算坐船去长途旅行吗?”

“这个……我想应该不会去了，我只不过是个蹩脚的水手。现在我的帽子也好了。我用鞋油把它整个儿擦了一通，看起来像新的一样，甚至比新的帽子还要好。而且玛丽·波平斯也回来了，我刮胡子的水又可以不冷不热了。”

班克斯太太暗暗地笑了笑，接着打她的毛衣。

她很高兴班克斯先生能承认自己是个蹩脚的水手，很高兴玛丽·波平斯终于回来了。

厨房里布里尔太太正在给埃伦换绷带。

“她原来在这儿的时候，我不大能想到她!”布里尔太太说，“可现在我得承认，今天下午她回来了以后，这房子全变了。像星期天一样的安静，像九便士的银币一样整洁光亮。她回来我一点儿也不感到烦恼。”

“我也不感到烦恼，这是真话!”埃伦欢天喜地地说。

“我也不感到烦恼，”罗伯逊·艾隔着扫帚柜听见她们的谈话，心里想到，“现在我终于可以好好安静一会儿了。”

他把煤锹翻了个个儿，舒舒服服地在上面坐着，头靠在扫帚上又睡着了。

至于玛丽阿姨到底是怎么想的，没有任何人知道，因为她把她的想法都藏在了心里，也从来不肯对别人说。

第二章 安德鲁小姐的云雀

这是一个星期六的下午。

在十七号的门厅里，班克斯先生正忙着看晴雨表，然后告诉班克斯太太天气会怎样变化。

“南风，气候很正常，局部地区打雷，海面上有小风浪。”他说，“天气变化的趋势不明确。喂喂……怎么回事?”

他一下住了嘴，只听见头顶上有乒乒乓乓、轰轰隆隆的声音传来。

在楼梯拐弯的地方迈克尔出现了，他气呼呼地砰砰地走了下来。而在他后面，玛丽阿姨一手一个，牵着双胞胎也下了楼，她用膝盖顶着迈克尔的背部，让他砰砰地一级一级地下了楼。简拿着几个人的帽子跟在后面。

“良好的开端是成功的一半。请你快点下去吧!”玛丽阿姨刻薄地说。

班克斯先生从晴雨表上抬起头来看着他们。

“这是怎么回事?”他问迈克尔说。

“我不想出去散步!我想要玩新汽车!”迈克尔想继续说，可是他哽住了，因为玛丽阿姨又用膝盖顶着他下了一个台阶。

“胡说八道，小宝贝!”班克斯太太说，“你肯定要出去散步啊。散步会使你的腿长得又长又结实的。”

“可我最喜欢短腿了。”迈克尔小声嘀咕了一句，脚步沉重地又下了一个台阶。

“我小的时候最爱出去散步了。”班克斯先生说，“我每天都跟我的家庭教师走到第二根电线杆那儿再走回来。我从来没有叽里咕噜地抱怨过。”

迈克尔一动不动地站在楼梯上，看着爸爸，一点儿也不相信他的话。

“你也小过?”他很吃惊地说。

他爸爸好像挺悲伤的样子。

“我当然也小过啊。小时候我可是个满头黄色鬈发的好孩子，穿天鹅绒的裤子，也穿扣得紧紧的靴子。”

“我一点儿也不敢相信，”迈克尔边说着，边迅速地下了楼，眼睛一动不动地看着他的爸爸。

他很难想象他爸爸小时候的样子，他一直都觉得他爸爸只能是个六英尺高、有点秃顶的中年人。

“那么你的家庭教师叫什么名字啊？”简也跟着迈克尔跑下了楼问道，“她人好吗？”

“她叫安德鲁，凶神恶煞的！”

“嘘！”班克斯太太责怪地说道。

“我是说……”班克斯先生马上改了口，“她……这个……非常地严厉。她总认为自己是对的，她老爱指责别人不对，然后让别人觉得自己是条可怜虫。安德鲁小姐就是这么样的一个人！”

班克斯先生只要一想起他的家庭教师就会皱起眉头。

当！当！当！

门铃响了起来，在整幢房子里发出回声。

班克斯先生走过去把门打开了。台阶上站着个一本正经送电报的小孩。

“急电。是给班克斯先生的。请问有回电吗？”他边问边递上了一个橘黄色的信封。

“如果是好消息，我就给你六个便士的小费。”班克斯先生说着打开电报读了起来，他的脸一下子就变成了青色的。

“没有回电。”他沮丧地说了一句。

“也没有六个便士了吗？”

“当然没有了！”班克斯先生恶狠狠地说道。送电报的孩子用哀怨的眼光看了看他，失望地离开了。

“噢，发生什么事了？”班克斯太太一看他的样子就知道消息一定非常的不好，问他说：“是谁生病了吗？”

“甚至比这更糟糕。”班克斯先生沮丧地说道。

“咱们的钱全打水漂了吗？”这个时候班克斯太太的脸也变成了青色的，十分地紧张。

“比这还要糟糕！晴雨表不是说要打雷吗？不是说天气变化的趋势不明吗？你仔细地听着！”

他抹平电报，大声念了出来：

“我准备上你家去住一个月。今天下午三点准时到达。卧室里请生火。

尤菲米娅·安德鲁”

“安德鲁？居然跟你的家庭教师一个姓！”简吃惊地说。

“正是我的家庭教师，”班克斯先生边说着边迈着大步不停地走来走去，焦躁地用手去抓所剩无几的头发。“她就叫尤菲米娅。她今天下午三点就要到我们这儿来了！”他大声地叹息。

“可照我说，这也不能说是个不好的消息啊。”班克斯太太松了一口气说，“当然得收拾好一个空房间了，反正我没什么意见。我很高兴让这位老人家……”

“老人家！”班克斯先生咆哮如雷，“你到底知不知道你在说些什么。老人家……我的天哪，你就等着看她吧，你就等着看她吧！”

然后他抓起了他的帽子和雨衣，冲了出去。

“亲爱的，可是！”班克斯太太大叫了起来，“你得在家等着她呀！你就这样走掉也太没礼貌了！你到什么地方去啊？”

“随便上哪儿去都行。你告诉她我已经死了！”他恶狠狠地回答。接着就急匆匆地离开了家，一副心不在焉、无计可施的样子。

“我的天哪，迈克尔，她到底是个什么样的人呢？”简说。

“样样事情都想知道，人就容易变老。”玛丽阿姨说，“现在请把帽子给戴上！”

她把双胞胎放进了摇篮车里，然后顺着花园小路走出去。简和迈克尔跟在了她的后面，走到外面的胡同里。

“今天我们到什么地方去啊，玛丽阿姨？”

“先穿过公园，接着顺着三十九路公共汽车的路线，上大街，过铁桥，然后通过铁路拱门回家！”她一口气说道。

“这么走可得走整整一天了。”迈克尔跟着简落在了后面，并悄悄地对着简说，“咱们可能看不到安德鲁小姐了。”

“她要待整整一个月呢。”简关照他道。

“可我想要去欢迎她的到来。”他愁容满面在人行道上磨磨蹭蹭地走着，并用脚不停地擦着人行道。

“请你好好地一步一步走。”玛丽阿姨严厉地说，“我就好像在跟两只蜗牛走路！”

等到他们赶上玛丽的时候，她让他们在一家炸鱼店的外面等了整整五分钟，因为她在橱窗玻璃上不停地照来照去。

她穿着有粉红色圆点的白衬衫，满意地看着自己从炸鱼里反照出来的影子。接着她把大衣往两旁稍稍拉了拉，让衬衫可以多露出来一点，他们觉得从没见过玛丽·波平斯有这样的漂亮。连尾巴被炸得弯了过来塞到嘴里的炸鱼都瞪圆了眼睛羡慕地看着她。

玛丽阿姨对自己的影子十分满意地点了点头，又开始急急忙忙地走了起来。这个时候他们已经过了大街，正在过桥。很快他们就来到了铁路拱门，简和迈克尔起劲地在摇篮车的前头跳着跳着，一直跑到了胡同口。

“有一辆汽车来了，”迈克尔兴奋地大叫，“一定是安德鲁小姐来了。”

他们一动也不动地站在胡同口等着玛丽阿姨，同时也等着安德鲁小姐。

出租汽车顺着胡同慢腾腾地开到了院子门口，马达停下来后还轧轧地响了好一会儿。这一点儿也不奇怪，因为从车轮一直到车顶都压着重重的行李。车顶全是行李，车后面也是行李，就连车两边还是行李，汽车都快要被行李淹没了。

手提箱和篮子一半在车窗里还有一半悬在车窗外。一些帽盒被捆在了车的踏板上，还有两个大手提袋被塞在了司机座位那儿。

司机小心地从手提袋底下钻了出来。他小心翼翼地爬出了车子，就好像从一个非常陡峭的山坡上下来似的，然后他打开了车门。

一个鞋盒落了下来，紧接着是一个棕色的大纸包，然后是被捆在一起的一把伞和一根手杖，最后还有一个小的天平秤从行李架上落了下来，把司机砸倒在地上。

“注意点！小心点！”一个喇叭似的大嗓门从汽车里传了出来，“这可都是贵重的行李！”

“那我也是贵重的司机！”司机顶撞了她一句，支撑着身子站起来，揉着脚踝骨接着说，“这一点你好像忘了，对吗？”

“请让开！快让开！我要出来了！”大嗓门又叫道。

这个时候汽车的踏板上出现了孩子们这辈子看见过的最大的脚，然后安德鲁小姐的其余部分也出来了。

一件非常大的皮领大衣裹着她的身子，一顶男式的毛皮帽子戴在了她的头上，帽子上还垂有灰色的长面纱。

孩子们小心地沿着篱笆爬了过去，好奇而又吃惊地看着那个大块头，看着她的尖鼻子，刻薄的嘴巴和透过眼镜怒气冲冲地看人的小眼睛。听见她跟司机争吵的声音，他们的耳朵都差点儿被震聋了。

“四镑三便士！”她吃惊地说，“太荒唐了！这些钱够我兜半个地球了。我不付！并且我要报告给警察。”

出租汽车司机耸了耸肩。“这是规定的价钱。”他镇定地说，“如果你识字的话，你可以试着念念计程表上的字。开出租车可不是个寻开心的事，这你知道吧，更何况你还有那么多的行李。”

安德鲁小姐哼了一声，把手伸进了大口袋，然后掏出一个很小很小的钱包，从里面拿出一个硬币给他。司机看了看它，在手上把它转来转去，还以为这是一件古董了，紧接着他粗鲁地哈哈大笑。

“这算是你给司机的小费吗？”他讽刺道。

“当然不是，这是给你的车钱，我从不同意给小费。”安德鲁小姐说。

“我想你也不可能会给的。”司机看着她说。

他自言自语地说道：“行李多得可以装满一整个公园了，还不同意给小费……真是个吝啬鬼！”

安德鲁小姐可没有听到他的话。这个时候孩子们已经走到了院子的门口，她回过身来跟他们打招呼，脚在人行道上转了一个圈，面纱飘到另一边去了。

“唔?”她淡淡地微笑着，声音粗哑地说道，“我想你们应该不认识我吧?”

“噢，我们认识!”迈克尔用最最友好的声音说，因为他见到安德鲁小姐很高兴。“你非常地凶神恶煞!”

安德鲁小姐从脖子到脸上一下子全都变成了紫色。

“你这孩子真是太粗鲁无礼了。我一定要告诉你爸爸!”

迈克尔觉得很奇怪。“我并不想这么粗鲁的，”他说，“但这是爸爸他……”

“闭嘴！不许跟我顶嘴!”安德鲁小姐边说着，边向简转过了脸来。

“我想你应该是简吧？唔，是不是简不简我都无所谓的。”

“你好!”简有礼貌地回答，可心里却在想，是不是尤菲米娅不尤菲米娅她也无所谓。

“衣服也太短了!”安德鲁小姐吹喇叭似地说道，“而且也应该穿长袜子吧。我小时候，小姑娘都不能这么光着腿的。我一定要告诉你妈妈。”

“我不喜欢穿长袜子，”简说，“到了冬天我才穿。”

“不许这么没礼貌。在大人面前小孩不能随便插话!”安德鲁小姐说。

她走过摇篮车并弯下腰来，用她的大手捏了捏双胞胎的小脸蛋算是跟他们打招呼。

约翰和巴巴拉一下子哭了起来。

“哼！这是什么态度啊!”安德鲁小姐生气地说，“就该给他们吃硫磺和糖浆的!”她边说着边向玛丽阿姨转过了脸来。“没有教养的孩子才会这样地哭。应该多给他们吃硫磺和糖浆，千万别忘了!”

“谢谢你，小姐，”玛丽阿姨虽然冷冰冰，但很有礼貌地回答，“可我有我自己的办法带孩子，不用听别人的。”

安德鲁小姐吃惊地看着她，好像不敢相信自己听见的。

玛丽阿姨沉着地、毫不畏惧地和她对视。

“姑娘!”安德鲁小姐凑近了她说，“你好像忘掉自己的身份了吧。你竟然敢这样回答我！我要让你离开这个家！记住我今天的话吧!”

她一把推开院子门，大踏步地走在花园小路上，狠狠地晃动着一个用布盖住了的圆东西，不断地说着：“哼哼!”

班克斯太太连忙跑出来欢迎她。

“欢迎你的到来，安德鲁小姐，欢迎你！”她非常客气地说道，“你能来看我们，真是太感谢了，真是让人喜出望外啊。我衷心地希望你一路上很快乐。”

“不快乐到极点了。我最讨厌的事就是出门。”安德鲁小姐说。她气呼呼地把花园看了一圈。

“真是乱七八糟！”她厌恶地说，“还是听我的话吧，把那些麻烦的东西都挖掉……”她指着向日葵说，“种上冬青树，麻烦就会少多了，既省时间又省钱，看着也非常整齐。没花园就更好了，就只有一个水泥地的院子。”

“但是我最喜欢花！”班克斯太太温和地回答说。

“真是荒唐可笑！别胡说八道了！你真是个傻女人。你的孩子也十分粗鲁……尤其是这男孩。”

“噢，迈克尔……！你竟然对安德鲁小姐没礼貌？你得立刻道歉。”班克斯太太一下子又激动又惊慌失措。

“不，妈妈，我压根就没有。我不过是……”他正打算解释，但安德鲁小姐的大嗓门已经打断了他的话。

“他最气人了，”她坚持说，“必须马上送他进寄宿学校。这个小姑娘也得有一位家庭教师了。我亲自来给你们挑选。这个人是你用来照顾他们的吗？”她朝玛丽阿姨那边点了点头，“而且你一定要马上辞退她。她既没礼貌又没用，一点儿都靠不住。”

班克斯太太一下子惊呆了。

“噢，你一定是弄错了吧，安德鲁小姐！我们都觉得她是个宝。”

“你知道什么呀。我是从来都不会出错的，立刻辞退她！”

安德鲁小姐沿着小路继续往前走。

班克斯太太紧紧跟着她，既忧心忡忡又难过。

“我……呃……我希望能让你过得快乐，安德鲁小姐！”她非常客气地说。但实际上她已经开始怀疑这是不是能办得到了。

“哼，一点儿也不像个家。”安德鲁小姐回答道，“样子多吓人——油漆剥落了，破烂得不行，你应该叫个木匠来。这些台阶都是在什么时候粉刷的？怎么脏成了这个样子。”

班克斯太太委屈地紧咬着嘴唇。安德鲁小姐一下子把她这个舒适温暖的家说成如此破破烂烂，丑陋不堪，她觉得非常不高兴。

“我明天就叫人给修好。”不过她还是温顺地说。

“为什么不今天修呢?”安德鲁小姐高傲地吩咐说，“要抓紧时间。还有你的门为什么漆白的？门应该漆成深咖啡色，又便宜又不会弄脏。你看那些脏兮兮的斑斑点点!”

她放了下手里那个用布盖住的圆东西，用手指了指前门上的瘢疤。

“瞧！瞧！瞧！到处都是！真是脏死了!”

“我这就去办，”班克斯太太胆小地说道，“现在你不上楼去你的房间看看吗?”

安德鲁小姐紧跟着她进了门厅。

“我希望里面已经生好了火。”

“噢，当然。火生得很旺。请走这边，安德鲁小姐。罗伯逊·艾会把你的行李搬上楼去的。”

“好，要他小心点。箱子里装的可都是药瓶。我得保护好我的身体!”安德鲁小姐边向楼梯走去，边把门厅打量了一下。

“这墙也得修了，我会自己跟乔治说的。我还想问问，他为什么没有来迎接我？一点儿规矩也没有。我看他的坏脾气还没改好!”

安德鲁小姐跟着班克斯太太上了楼后，声音变轻了一些。孩子们远远地听见了妈妈温和的回答的声音，不论安德鲁小姐说了什么话，她都温和地回答。

迈克尔向着简转过了头去。

“乔治是谁呀?”他问道。

“是爸爸。”

“可他不是应该叫班克斯先生吗?”

“对，但是他的名字也叫乔治。”

迈克尔叹了一口气。

“一个月很长的，是吗，简?”

“对，四个礼拜多一点，”简说，她也觉得跟安德鲁小姐在一起就像是度日如年。

迈克尔渐渐贴近了她。

“我说……”他开始焦急地跟她咬着耳朵，“她应该不会真的让他们辞退玛丽阿姨吧?”

“我想是不会的，但是这位安德鲁小姐实在太古怪了。为什么爸爸刚才被气走了，现在我一点儿也不觉得奇怪了。”

“真古怪!”

这一声在他们背后响了起来，就像是一声爆炸。

他们回过头来，看见玛丽阿姨用厌恶的目光看着安德鲁小姐的背影。

“太古怪了!”她用力地吸了吸鼻子，又重复了一遍，“她不仅仅是古怪。哼！还说我不会照顾孩子？说我既没礼貌，又没用处，一点儿都靠不住？我们走着瞧!”

简和迈克尔一直以来听惯了玛丽阿姨吓唬他们的语气，可今天她的声音里居然有一些他们从来都没听到过的东西。他们一声不吭地看着她，不知道到底会发生什么事。

突然传来了一个半是叹气半是吹口哨的微小声音。

“那是什么声音?”简马上问道。

那声音又响了，而且这回更响了一点。玛丽阿姨侧着头仔细听着。

又是轻轻地啾的一声，好像是从门口的台阶那儿传来的。

“啊!”玛丽阿姨得意洋洋地大叫道，“我早就该想到了的!”

她突然跳到安德鲁小姐留下来的用布盖住的圆东西那儿，掀开了罩布。

这是一个漂亮的铜鸟笼，闪闪发光的非常的干净。一只淡棕色的小鸟正可怜巴巴地蹲在栖木上，夹着翅膀缩成了一团。下午温暖的阳光照到了它的头上，它眨了眨眼睛。然后它睁开圆圆的黑眼睛谨慎地看着周围。它的目光落到了玛丽阿姨的身上，它认出了她，于是它张开嘴巴，轻轻发出伤心的、带着喉音的啾啾声。这样伤心的声音，简和迈克尔还从来都没听到过。

“真的？嘘嘘嘘！你别说了!”玛丽阿姨万分同情地点了点头说。

“啾啾啾!”小鸟沮丧地耸了耸翅膀说。

“两年？什么？关在这笼子里？她可真不知道！”玛丽阿姨气愤地对鸟说着，脸都气得通红了。

孩子们瞪大眼睛看着。小鸟的话他们一点儿也听不懂，可玛丽阿姨好像都能懂，跟它一问一答的，彼此之间心领神会。

“它在说什么……”迈克尔正要开口问。

“嘘！”简捏了捏他的胳膊叫他别出声。

他们一声不吭地看着小鸟。现在它沿着栖木向玛丽阿姨这边跳过来了一点儿，用很轻很轻的疑问的语气唱了一两声。

玛丽阿姨点了点头：“当然了，我知道那个田野。她就是在那个田野捉住你的吗？”

小鸟点了点头。然后它又很快很尖地接连唱了几声，听着好像是提出了个问题。

玛丽阿姨想了好一阵。“嗯，”她说，“那儿不算太远，大概一个小时你就可以飞到了，从这儿往南飞的话。”

小鸟听了很高兴。它在栖木上跳了好一阵，起劲地拍了拍翅膀。接着它又开始唱了，唱出一连串圆润清脆的歌声，用哀求的目光看着玛丽阿姨。

她转过脸小心翼翼地看了看楼上。

“你问我会不会干？你觉得我会不干吗？你没听见她居然敢叫我黄毛丫头吗？她居然这么叫我！”她厌恶地吸了吸鼻子。

小鸟像是在哈哈大笑似地耸动肩膀。

玛丽阿姨弯下腰来。

“你要干什么啊，玛丽阿姨？”迈克尔终于再也忍不住了，叫了出来，“这是什么鸟啊？”

“云雀。”玛丽阿姨回答了一句，然后转动笼子的把手，“竟然把云雀关在了笼子里，这是你们第一次看见这种事……也一定是最后一次了。”

她边说着边把笼子门打开了。云雀拍着翅膀，尖叫着冲了出来，然后停在了玛丽阿姨的肩膀上。

“嗯！”她转过脸来说，“这样应该好多了吧？”

“啾啾啾！”云雀点头表示同意。

“好，你最好马上就走。”玛丽阿姨提醒它，“她立刻就会回来了。”

云雀一听，唱出流水似的歌声，用翅膀轻轻地拍了拍她的肩，向她鞠了一个又一个躬。

“好了可以了！”玛丽阿姨粗哑着声音说，“你不用谢我。我也很高兴能这样做。我不能眼睁睁地看着一只云雀被关在笼子里！而且，你不是听见她叫我什么了吗！”

云雀仰起了头，扇动着它的翅膀，它好像在衷心地大笑。然后它继续侧着头倾听。

“噢，我竟然全给忘了！”楼上传来了吹喇叭似的声音，“我竟然把卡鲁索忘在外面了，忘在了那些脏兮兮的台阶上了。我得马上去把它给带上来。”

接着楼梯上传来安德鲁小姐沉重的脚步声。

“什么？”她大叫着回答班克斯太太一句不知是什么的问话，“噢，卡鲁索？它是我的云雀，我的云雀卡鲁索！我之所以叫它这个名字，是因为它一直都是个优秀的歌唱家，就像歌唱家卡鲁索一样。什么？不，现在它从来不唱了，我是在田野里捉到它的，把它关在笼子里以后它就不唱了。我也不知道为什么会这样。”

她吹喇叭似的声音越来越近，越来越响了。

“当然不行！”她回答道班克斯太太的话，“我得自己去拿。那些鲁莽的孩子我一个都不敢相信。还有你这些楼梯的栏杆得擦擦了，马上就得擦。”

轰隆轰隆轰隆，安德鲁小姐沉重的脚步声响遍了整个门厅。

“她来了！”玛丽阿姨低声说道，“你快点飞吧！”她推了推它的肩膀。

“快点飞！”迈克尔着急地大道叫。

“对，快一点吧！”简激动地说。

双胞胎也挥了挥他们的手。

云雀很快地低下头来，用嘴拨下了翅膀上的一根毛。

“啾啾啾啾！”它一边唱着，一边把这根漂亮羽毛插到了玛丽阿姨帽子的缎带上，然后拍着翅膀，飞上天去了。

就在这个时候，安德鲁小姐走到了门口。

“什么?”她一看见简、迈克尔和双胞胎就开始大叫，“你们居然还没有上床?这绝对不行。所有有教养的孩子……”她凶狠狠地看着玛丽阿姨，“都应该在五点钟上床睡觉。我一定要告诉你们的爸爸。”

然后她向四周看了看。

“现在让我好好想想。我是在什么地方放下我的……”她一下子住了嘴，掀开的罩布、开着门的鸟笼就在她的脚边。她低头死死地看着它，就像根本不相信自己的眼睛似的。

“怎么了?什么时候发生的?什么地方?什么东西干的?什么人干的?”她唾沫四溅地问道，接着她直着嗓子大叫。

“到底是什么人把罩布掀开了?”她的声音响得像打雷一样，孩子们听了直哆嗦。

“到底是什么人打开了鸟笼门?”

没有任何人回答。

“我的云雀到底在哪儿?”

安德鲁小姐朝孩子们看去，还是没有任何人回答。最后她恶狠狠地目光落在了玛丽阿姨的身上。

“肯定是你干的好事吧!”她用一个手指头指着她大叫道，“我一看见你的样子就知道了!真是太大胆了!我要你今天晚上就得离开这个家……连人带物!你这个既粗鲁又没礼貌还毫无用处的……”

“啾啾啾!”

空中传来了一阵很轻的尖锐的笑声。安德鲁太太抬起头来看，云雀就站在向日葵的上空轻轻地平衡着它的翅膀。

“啊，卡鲁索……原来你在那里!”安德鲁小姐激动地叫道，“快回来吧!别再叫我等着了。快回到你干净漂亮的笼子里来吧，卡鲁索，好让我可以关上笼子门!”

可云雀停在了空中，一阵阵地笑，仰起头，拼命地拍着翅膀。

安德鲁小姐弯下腰来捡起鸟笼，高高地举在了头顶上。

“卡鲁索……你听见了没有?立刻回来!”她向它挥动着鸟笼，命令它说。可云雀在鸟笼上面掠过，轻轻擦了擦玛丽阿姨的帽子。

“啾啾啾!”它飞过的时候说。

“好。”玛丽阿姨点头回答它。

“卡鲁索，你听见了没有？”安德鲁小姐叫道。可这个时候她像吹喇叭似的声音有点底气不足了。她放下了笼子，打算用手去捉云雀。可云雀一下子就闪开了，从她头上掠过去，拍着翅膀，向上飞得更高了。

一连串鸟鸣声向着玛丽阿姨飘了下来。

“已经准备好了！”她叫了上去。

这时奇怪的事发生了。

玛丽阿姨紧紧地盯住安德鲁小姐，安德鲁小姐一下子被这双黑眼睛镇住了，一动也不敢动，甚至双腿都开始哆嗦了。她咽下一口气，歪歪扭扭向前倒去，然后忽然像箭似地向着鸟笼直冲了过去。最后也不知到底是安德鲁小姐变小了还是鸟笼变大了，反正简和迈克尔搞不清楚，只知道轻轻地咔哒一声笼子的门就给关上了，把安德鲁小姐给关在了笼子里面了。

“噢噢噢！”她拼命地叫着，这个时候云雀掠了下来，紧紧地抓住了笼子的吊环。

“我到底怎么啦？我在什么地方呀？”安德鲁小姐哇哇地大叫着，鸟笼飞上天了。

“我在笼子里面被挤得动也不能动了！我连呼吸都不顺畅了！”她拼命大叫着。

“小云雀刚才也是这样的被关着！”玛丽阿姨沉着地说道。

安德鲁小姐使劲地摇笼子栏杆。

“开门！快把门打开！让我出去！让我出去！”

“哼！不可能的。”玛丽阿姨低声嘲讽她说。

云雀一个劲地拍着翅膀，越飞越高，一边飞一边开心地唱歌。装着安德鲁小姐恶的沉重的鸟笼在它的爪子下面摇摇晃晃。

在清脆悦耳的云雀歌声中能听得见安德鲁小姐敲着铜栏杆大叫：“我是个有教养的人！我永远是正确的！我从来不会出错的！我不可能有这样的结果！”

玛丽阿姨古怪地、静静地笑了笑。

现在云雀看起来已经很小了，可它依旧盘旋着往上升，得意洋洋地高声欢唱着。鸟笼和安德鲁小姐依旧跟着它拼命地旋转着，像是遇到了风浪的船那样摇来晃去。

“马上让我出去！我说马上让我出去！”她的尖叫声传了下来。

云雀突然改变了方向。它转向另一边时歌声停了一小会儿。接着悦耳的歌声又开始了，既狂放又清脆，与此同时它还晃动着爪子下面的笼子吊环，向南飞去。

“它飞走了！”玛丽阿姨说道。

“上什么地方去了？”简和迈克尔嚷嚷着问。

“回家……回草原去了，”她仰着头望着天回答说。

“可它已经把鸟笼给扔掉了！”迈克尔瞪大眼睛吃惊地说。

他视力很好，这个时候鸟笼的的确确翻着跟头迅速地落了下来。他们清晰地看到了鸟笼翻着跟头掉了下来，安德鲁小姐一会儿是头朝下的，一会儿又是脚朝下的。鸟笼就像石头那么重，越来越低，越来越低，最后扑通一声摔在了最高一级的台阶上。

安德鲁小姐狠狠地打开鸟笼门走了出来，简和迈克尔觉得她又跟原先一样大了，但比原先更加难看了。

她站在那里好半天都说不出话来，喘着粗气，脸也变得比之前更紫了。

“你好大的胆子！”她带着喉音轻轻地说，用发抖的手指着玛丽阿姨。简和迈克尔发现她的眼睛不再是气呼呼的和看不起人的了，而是充满了恐惧。

“你……你……”安德鲁小姐哑着声音结结巴巴地说道，“你这凶残、不讲礼貌、没良心、任性的坏丫头……你怎么能够这样做，你怎么能够这样做？”

玛丽阿姨紧紧地盯住她，用半睁半闭着的眼睛看了她半天。

“你说我不会照顾孩子。”她一个字一个字慢吞吞地说着。

安德鲁小姐缩起了身子，吓得浑身直哆嗦。

“我……我跟你道歉。”她结结巴巴地说。

“你说我既没礼貌，又没用处，还一点儿都靠不住。”那毫不宽容的声音平静地说着。

安德鲁小姐被盯得直打哆嗦。

“我错了，我知道错了。我……我真的很抱歉。”她哽咽地说。

“你还说我只是个黄毛丫头！”玛丽阿姨继续无情地说。

“我马上收回这句话，”安德鲁小姐被吓得直喘气，“我收回之前所有的话，只要你能放我离开，我就再也没有别的要求了。”她垂下了双手，用哀求的目光看着玛丽阿姨。

“我不能留在这个地方了。”安德鲁小姐悄悄地说，“不能不能！绝对不能留在这个地方了！求求你放我走吧！”

玛丽阿姨思考着，看了她好半天。紧接着她的手一挥说道：“走吧！”

安德鲁小姐松了一口气。“噢，真的谢谢你！太谢谢你了！”她看着玛丽阿姨，摇摇晃晃地倒退着下了台阶，转过身子，高一脚低一脚地在花园小路上走了出去。

出租汽车司机一直都在卸行李，这个时候正发动马达打算离开。

安德鲁小姐举起了一只哆嗦着的手。

“请等一等！”她底气不足地叫道，“请等等我。要是你能立刻带我离开，我就给你十先令。”

司机瞪大了眼睛吃惊地看着她。

“我一定说话算数！”她赶紧说，“瞧，”她拼命掏着她的口袋，“钱都在这里。都拿去吧……只要快开车！”

安德鲁小姐跌跌撞撞地进了汽车，一下子倒在了座位上，人都差不多瘫痪了。

司机还是呆呆地盯着她看，关上了车门。

然后他又动手把行李重新装上了车。罗伯逊·艾正横躺着在一堆箱子上呼呼大睡，但司机可没工夫去叫醒他，只好把他推到小路上，把箱子重新装上车。

“看来这老小姐被吓糊涂了！我从来没有见过有人这样叫车的。从来都没见过！”司机开车离开的时候咕噜咕噜地说。

但司机不明白她为什么给吓昏了，就算他活到一百岁也不可能猜出来……

“安德鲁小姐呢？”班克斯太太急匆匆地赶到了门口来找她。

“她离开了，”迈克尔回答道。

“你说什么……离开了？”班克斯太太不明白。

“她不愿意待在这儿，”简解释说。

班克斯太太皱起了眉头。

“这究竟是怎么一回事？”她问道

“我没有办法说，真的，太太，”玛丽阿姨冷淡地说，好像她对这件事一点儿兴趣也没有。她低头看了看她的新衬衫，抹了抹平。

班克斯太太看着每个人，摇了摇头。

“多奇怪啊！我真没弄懂。”

这个时候花园的门打开了，很轻地咔哒一声又被关上了。班克斯先生踮起脚尖从小路上走了过来。大家在向他转过脸去的时候，也在犹豫，紧张地等在那里。

“怎么样了？她来了吗？”他着急地悄悄地问道。

“来了又离开了。”班克斯太太回答说。

“离开了？你是说……真离开了？那位很凶的安德鲁小姐？”

班克斯太太点了点头。

“噢，太高兴了，真是太高兴了！”班克斯先生兴奋地叫着，双手抓住雨衣的下摆，在花园的小路当中开心地跳起舞来。可他突然停住了。

“可是她是怎么离开的？什么时候离开的？为什么离开了？”他好奇地问道。

“就在刚才坐着出租汽车走了。我想大概可能是因为孩子们对她很粗鲁吧，她向我告过他们的状。不然我真的想不出来还能有什么其他的原因。你知道吗，玛丽·波平斯？”

“我也不知道，太太。”玛丽阿姨边说着，边小心地刷掉了衬衫上一点灰尘。

班克斯先生带着些许遗憾的样子向着简和迈克尔转过了脸来。

“你们真的对安德鲁小姐很粗鲁吗？对我的家庭教师？对那位和蔼可亲的老人家？我真替你们两个感到害臊，害臊极了。”他严肃地说，但眼睛里却露出了笑容。

“我真是天底下最不幸的人。”班克斯边说着，边把手插进了口袋，“我每天做牛做马的把你们好好拉扯大，可你们是怎样报答我的呢？对安德鲁小姐粗鲁！真不害臊！真残忍。我不知道我到底还能不能够原谅你们。不过……”他边说着边从口袋里拿出了两个六便士硬币，严肃地给了他们一人一个，“但是我会尽力忘掉它的！”

他笑着转过脸。“嘿！”突然他被鸟笼给绊了一下，说：“这是从什么地方来的？这鸟笼究竟是谁的？”

简、迈克尔和玛丽阿姨没有吭声。

“好吧，都没关系了，”班克斯先生说，“它现在是我的了。我要把它放在花园里让我的香豌豆在上面攀藤。”

他拎着鸟笼离开了，高兴地吹起了口哨……

“很好，”玛丽阿姨带着孩子们进了儿童室，认真地说道，“不过我还得说，你们不应该对你们爸爸的客人这么粗鲁。”

“可我们没有粗鲁，”迈克尔辩解说，“我只是说了一句她凶神恶煞的，可是爸爸就是这样说她的。”

“她刚到这儿就这样被打发离开了，你们说这不是粗鲁是什么！玛丽阿姨严厉地问道。

“但那不是我们做的。”简说，“是你……”

“你是说我对你们爸爸的客人粗鲁了？”玛丽阿姨用手撑着腰，狠狠地盯住，“你竟然敢对我说这样的话？”

“不不不！你当然不是粗鲁，你是……”

“我当然不认为我粗鲁，”玛丽阿姨边说边脱下了帽子和围裙，“我可是个有教养的人！”她吸了吸鼻子，开始脱双胞胎的衣服。

迈克尔叹了一口气。他明白跟玛丽阿姨争一点儿用都没有。

他看了看简。简把她的那个六便士的硬币放在手里转来转去。

“迈克尔！”她说，“我一直都在思考一件事情。”

“什么事啊？”

“爸爸给我们这个硬币，是因为他认为安德鲁小姐是我们给打发走的吧。”

“没错。”

“可不是咱们打发她走的啊，打发她走的是玛丽阿姨啊！”

迈克尔拖着他的脚走着。

“那么你觉得……”他说了一句，心里觉得很别扭，只希望她心里想的不是他想的那个意思。

“是的，我是这么想的，”简点了点头说。

“但是……但是这钱我想自己花。”

“我也想。但是那是不公平的，这钱应该是她的。”

迈克尔想了好半天。接着他叹了一口气。

“那好吧，”他懊恼地说道，从口袋里掏出了他的那六便士。

然后他们一起走到了玛丽阿姨的面前。

简递上了那两个硬币。

“给你！”她呼吸不畅地说道，“我们想应该把它们给你。”

玛丽阿姨接过了两个硬币，在手掌上转来转去。接着她的目光遇上了他们的目光，他们只觉得她好像一直看到了他们的心里去了，看出了他们在想什么。好半天她站在那里一动不动，看透了他们的心事。

“唔。”她说了一句，把钱放进她的围裙里，“积少是可以成多的。”

“我希望你能够发现它们真的很有用。”迈克尔可怜巴巴地看着她的口袋。

“我希望我会的。”她尖刻地应了一句，接着开浴室的龙头去了……

第三章　倒霉的星期三

滴答！滴答！滴答！

儿童室里挂钟的钟摆前后摆动着，像个老太太在点头。

滴答！滴答！滴答！

紧接着挂钟停止了摆动，开始咕咕地呻吟，先是很轻很轻，接着响了起来，好像非常痛苦的样子。它咕咕呻吟的同时还在拼命地晃动着，整个壁炉架都被震动了。果酱瓶又跳又颤抖的。被约翰留在那个地方过夜的头发刷子的刷毛也在抖动着。班克斯太太的由卡罗琳姨婆送给她过圣诞节的瓷盆也滑到了一边，于是瓷盆上画的三个扮马玩的孩子都脚朝天了。

就在挂钟呻吟得好像要爆炸了的时候，它却又开始敲响了。

一！二！三！四！五！六！七！

到敲到最后一下的时候，简就醒了过来。

阳光从窗帘缝透了进来，落在了她的被子上，就像一道道金色的线。简一下子坐了起来把儿童室看了一整圈。迈克尔的床上任何声音都没有。小床上的双胞胎吮着他们的大拇指，用力地呼吸着。

“就只有我一个人醒着。”她高兴地说，“整个世界的人都睡着了，就只有我一个人是醒着的。我一个人在床上可以爱怎么想就怎么想。”

她用膝盖撑着下巴，蜷着身子，就像窝在鸟窝里一样。

“现在的我是一只鸡！”她自言自语地说道，“我刚生下了七个可爱的白色小蛋，我坐在这个地方张开了翅膀捂着它们在孵蛋。咯咯！咯咯！咯咯！”

她在喉咙里学着孵小鸡时的叫声。

“又过了很长一段时间，差不多半个小时吧，就发出了很轻很轻的笃笃声，蛋壳一下子裂开了。然后跳出来七只可爱的小鸡，三只是黄的，两只是棕色的，还有两只是……”

“该起床了！”

玛丽阿姨突然不知从什么地方钻了出来，一下子把被子从简的肩头上掀开了。

“不，噢，不！”简抱怨着又把被子给拉了回来。

她很生气，因为玛丽阿姨这样冲了进来，把所有事情都给毁了。

“我不想起来！”她边说着边把脸埋在了枕头里。

“你说什么，真的？”玛丽阿姨沉着地说，好像根本就没理她的话似的，干脆一把把被子从床上拉走，于是简只好站在了地上。

“噢，我的天哪！”她咕噜咕噜地说，“为什么我总要第一个起床呢？”

“因为你最大啊。”玛丽阿姨边说着边把她推向浴室。

“可我不要是最大的。为什么不能让迈克尔最大呢？”

“因为你先被生下来，明白吗？”

“我又没有要被先生下来，先生下来都要叫我烦死了。我要有时间想心事。”

“你可以一边刷牙一边想啊。”

“但是这样想出来就不一样了。”

“可是没有任何人一天到晚都在想同样的心事！”

“那我跟大家不一样。”

玛丽阿姨凶狠狠地瞪了她一眼。

“够了，谢谢你！”听她的语气，简就知道她不是在说着玩的。

玛丽阿姨又去叫醒迈克尔了。

简放下了牙刷，坐在了浴缸边上。

“这也太不公平了。”她用脚踢着瓷砖，咕噜咕噜地说，“所有倒霉事都让我做，就只是因为我最大！我不刷牙了！”

她一下子对自己的做法也感到奇怪。她以前一直很高兴比迈克尔和双胞胎大，因为这样更加神气，更加了不起。但今天，今天她为什么会这样的不高兴和乱发脾气呢？

“如果迈克尔比我先生下来的话，我就能来得及孵化出我那七个蛋了！”她自言自语地发着牢骚，觉得今天刚开始就不顺利。

很不幸的是，接下来事情不但没有好转，反而越来越糟糕了。

到了吃早饭时候，玛丽阿姨发现牛奶布丁已经只够三个人吃了。

“那好吧，这下得让简吃粥了。”玛丽阿姨边说着边放好了盘子。简生气地吹了吹鼻子，因为她一点儿也不想吃粥。粥里总是有那么多的块块。

“为什么要我吃粥？”简抱怨地说，“我也要吃牛奶布丁。”

玛丽阿姨凶狠狠地看着她。“因为你最大啊！”

又来了！又是这句该死的话。她狠狠地踢桌子下面的椅子腿，希望能踢掉点儿椅子腿上的漆。她吃粥吃得非常非常慢，让每口粥都在嘴里含上半天，尽量地少咽。万一她饿死了那也是他们活该，这样一来他们就要后悔了！

“今天是星期几？”迈克尔吃完了他最后一口的牛奶布丁的时候，高兴地问道。

“是星期三。”玛丽阿姨回答说，“请别把盘里的花都吃掉了！”

“这么说来，今天我们要去拉克小姐家吃茶点了！”

“如果你们听话的话就去。”玛丽阿姨阴沉着脸说道，好像一点儿也不相信他们会听话。

但这会儿迈克尔心里正高兴呢，没理会她的话。

“星期三！”他用匙子敲着桌子大叫道，“简就是在星期三出生的，星期三出生的孩子都命苦。她今天吃不上牛奶布丁要吃粥就是这样的。”他淘气地说道。

简皱起了眉头，在桌子底下狠狠地踢他。但他灵活地把自己的两条腿都避开了，并且哈哈大笑。

“星期一出生的孩子脸儿长得俏，星期二出生的孩子姿态优雅！”他唱着说，“这都是真的。双胞胎姿态优雅，因为他们都是在星期二出生的。而我是在星期一出生的，所以脸儿长得俏。”

简用看不起他的目光嘲笑他。

“我就是长得俏嘛。”他坚持说，“我听布里尔太太说过，她说我长得跟金币一样好看。”

“那也没什么好看的。”简说，“而且你的鼻子太翘了。”

迈克尔用责怪的目光看着她。简又对自己的做法感到奇怪了。平时她一直都认为迈克尔长得很好看，要是在别的日子里她一定会同意他的话。可她现在很残忍地说："对了，你的脚是内八字。丑陋的罗圈腿！丑陋的罗圈腿！"

迈克尔一下子向她扑了过去。

"够了！"玛丽阿姨生气地看着简，"要说这屋子里真的有个美人的话，那一定是……"她住了嘴，对着镜子里的自己满意地笑着。

"是谁啊？"迈克尔和简异口同声地问道。

"反正不是姓班克斯的人！"玛丽阿姨说，"事实就是如此！"

迈克尔看了看简，只要玛丽阿姨一说奇怪的话，他都是这么做的。虽然简知道迈克尔正在看自己，但却装作没有看见。她转身走开，从玩具柜里拿出了颜色盒。

"你不想玩火车吗？"迈克尔想跟她讲和，于是问她说。

"不想玩。我要一个人玩。"

"小宝贝，你们早上好吗？"

班克斯太太走进房间里，飞快地亲了亲他们。她老是这么忙，从来都没有时间一步一步地走。

"迈克尔，"她说，"得给你买双新拖鞋了，瞧，你的脚趾头都露了出来。"玛丽，我看约翰的鬈发都快变直了。巴巴拉，我亲爱的小宝贝，别再吮你的脚趾了！简，你快下楼告诉布里尔太太千万别在梅子蛋糕上洒糖粉，我想要吃清蛋糕。"

又是这样，老是不能让她安静！不论她在干什么都会被打断，接着叫她去干别的事。

"噢，妈妈，一定得我去吗？为什么不能叫迈克尔去呢？"

班克斯太太觉得很奇怪。

"我还以为你喜欢帮忙呢！迈克尔老是忘记告诉过他的话。再说你最大，你去吧。"

简下楼时尽可能放慢脚步。她只希望去晚了，布里尔太太已经在蛋糕上洒好糖粉了。

她今天一直对自己的想法和做法感到很奇怪。就好像她的身体里住了另外一个人似的，一个脾气坏而且脸难看的人，这个人害得她样样事情都不快活。

她把班克斯太太的话告诉了布里尔太太，然后觉得很失望，因为离到洒糖粉的时候还早着呢。

“好，这倒是省去了不少的麻烦。”布里尔太太高兴地说。

“亲爱的，还有，”她说了下去，“你顺便上花园去通知罗伯逊·艾，就说他还没有把刀给磨好。我的腿有毛病，可我又只有这样的一双腿。”

“我不想去，我正忙着呢。”

这一次轮到布里尔太太感到奇怪了。

“噢，乖乖的……我只能站着，走不动了！”

简叹了一口气。为什么大家就不能让她安静会儿呢？她狠狠地用脚踢了厨房门一脚，让它关上，接着有气无力地走到外面的花园去了。

罗伯逊·艾正在小路上枕着喷水壶睡觉了。他打呼噜的时候平直的头发一上一下的。他好像天生就能随时随地地睡着。说实在的，他宁愿睡不愿走。平时简和迈克尔从不会打扰他休息，但今天不一样，她身体里的那个坏脾气的人一点也不关心罗伯逊·艾。

“我讨厌所有人！”她边说着边在喷水壶上狠狠地咚咚地敲着。

罗伯逊·艾吓得一下子直起了身子。

“杀人了！救命啊！着火了！”他双手乱摇，狂喊狂叫。

紧接着他擦了擦眼睛，就看见了简。

“噢，原来是你呀！”他用失望的语气说，好像希望发生点儿什么能更加叫人兴奋的事情。

“你得立刻去磨刀。”她吩咐他说。

罗伯逊·艾慢悠悠地站起了身子，晃了晃。

“啊，”他伤心地说道，“事情老是没完没了的。不是这件事就是那件事。我得好好休息休息了，但从来都得不到一分钟的安静。”

“不，你安静得很！”简凶狠狠地说。“你有的只有安静，你老是睡觉。”

罗伯逊·艾一脸受了侮辱和凶狠狠的样子，要是在别的时候，简立刻就会觉得很惭愧了。但今天她一点也不觉得难过。

“你竟然说出了这种话来!”罗伯逊·艾难过地说，“而且你是最大的。我真的想不到，就算我一生除了想，别的任何事情也不做，我也绝对不会想到。”

他难过地看了她一眼，然后拖着腿慢悠悠地上厨房去了。

她不知道他以后还会不会原谅她，但她身体里的那个爱发脾气的坏家伙好像回答了她这样一句话：“他不原谅你又能有什么关系呢!”

她仰着头慢悠悠地回到了儿童室，一路上把发潮的手放在了新粉刷的墙上抹了过去，因为她一直不被允许这样做。

玛丽阿姨正用鸡毛掸子拍打着家具。

“你去送葬了吗?”她一看见简就生气地问。

简气呼呼的，没有回答她。

“我知道有人一直在找麻烦。故意找总会找到的!”

“我一点儿也不在乎!”

“不在乎就会变得在乎！不在乎就会出事情了!”玛丽阿姨嘲笑着说，把鸡毛掸子放开。

“现在，”她警告地看着简，“我要去吃晚饭了。你要看着这些小的，如果我听见了什么……”她没把话说完，可是走出房间的时候用吓唬他们的样子狠狠地吸了吸鼻子。

约翰和巴巴拉跑过来紧紧地抓住简的手。但是她掰开了他们的手指头，而且很凶地把他们推开了。

“我只希望我是个独生子，”她气愤地说。

“那你为什么不跑掉呢，”迈克尔建议她说，“可能有人会愿意收养你的。”

简抬起头来，感到既吃惊又奇怪。

“你会想我的!”

“不会，我不会想你的。”他一本正经地说，“你老是这么一副气呼呼的样子，我不会想你的。再说，你走了那盒颜色就会归我了。”

“不行，你绝对拿不到的。”她嫉妒地说，“我要把它带走。”

为了证明这盒颜色是属于她的，她拿出了画笔和画本，接着把它们摊在了地板上。

“画个钟吧，”迈克尔给她出了个主意。

“不想画。”

“那就画个瓷盆吧。”

简抬起头来一看，架子上瓷盆的绿边框里有三个可爱的小孩跑过田野。如果在其他的时候，她一定会很高兴的画他们，但今天她不高兴，也不想让别人高兴。

“不画。我要画我自己想画的。”

于是她开始动手画她自己，孤孤单单的一个人，正在孵蛋。

迈克尔、约翰还有巴巴拉坐在地板上看着。

简对她的蛋简直入迷了，就连发脾气都给忘了。

迈克尔靠了过来。“为什么不加只母鸡了……就在这个地方！”

他指着一处空白地方说道，另一只手碰到了约翰，约翰仰面摔倒，跌倒在了一边，他的脚打翻了杯子，颜料泼了出来，弄湿了画。

简大叫着跳了起来。

“噢，我真不能忍受了。你这个笨手笨脚的大坏蛋！你把所有东西都给毁掉了！”

她咆哮着向迈克尔扑了过去，狠狠地给了他一拳，于是迈克尔也倒了下来，一下子压在了约翰的身上。双胞胎发出既痛苦又害怕的尖叫声，尖叫声中还夹杂着迈克尔的急叫声，“我的头被打破了！我该怎么办啊？我的头破了！”他不停地叫道。

“我不管，我不管！”简也大叫道，“你老是缠着我，毁掉了我的画。我讨厌你，我非常讨厌你……”

门砰地被打开了。

玛丽阿姨生气地看着这个混乱的场面。

“我到底是怎么跟你说的？”她用沉着得令人恐惧的声音问简，“如果我听见了什么……现在看看吧！你还想上拉克小姐家吃一顿丰盛的茶点，我看是吃不成了！今天下午你不许离开这个房间，要不我就不是人了。”

“我根本就不要出去，我更情愿在家待着。”简背着手踱着方步生气地走开了，她一点儿也没有觉得懊悔。

“真好。”玛丽阿姨的声音非常温和，可其中分明蕴藏着一些让人害怕的东西。

简眼睁睁地看着她给别人打扮好了去吃茶点。等到大家都准备好了的时候，玛丽阿姨从棕色纸袋里拿出了她最漂亮的帽子，斜戴在头上，戴成她认为最好看的样子。接着她戴上了项链，上面垂着金盒子，然后围上了班克斯太太给她织的红白印花的围巾。围巾上还缝着一块白色的小布条，上面缝着“玛丽”两个字。玛丽阿姨对着镜子里的自己笑了笑，同时把围巾叠了起来，好让别人看不见这块小布条。

接着她从柜里拿出了鹦鹉头的伞，夹在胳肢窝里，催促着孩子们下了楼。

“现在你有时间可以好好想你的心事了！”她刻薄地说，狠狠吸了吸鼻子，并随手关上了门。

简眼睛直直地坐了好半天。她本打算继续孵那七个蛋的，可它们再也不能引起她的兴趣了。

她在想，这会儿他们在拉克小姐家正在干什么呢？也许正在逗拉克小姐的狗，听拉克小姐说，安德鲁有高贵的血统，而威洛比这条狗一半是黑斑点棕毛的大狗种，一半是会叼回猎物的猎犬种，并且继承了这两种的最坏的一半。现在他们，甚至包括这两只狗，大概正在吃美味的巧克力饼干和核桃蛋糕。

“噢，我的天哪！”

一想到她不能享受这些事情，简的心里就气坏了。但她又想到这都得怪她自己，就气得更加厉害了，前所未有的生气。

滴答！滴答！钟在大声地响着。

“噢，轻点！”简气得哇哇大叫，随手捡起那盒颜色就扔了出去。

那盒颜色砸中了钟的玻璃面，滑下来，落在了瓷盆上。

咔哒一声！瓷盆向钟旁边倒了下来。

噢！噢！她到底在干什么？

简闭上了眼睛不敢看。

“我说我受伤了！”

房间里清清楚楚地响起了一个生气地抱怨声音。

简吓了一大跳，睁开了眼睛。

“简！”那声音又响了，“我的膝盖受伤了！”

她赶紧转脸去看，可房间里没有任何人。

她又跑去门外看了看，门外也没有人！

这个时候有人在哈哈大笑。

“在这儿，傻姑娘！”那声音又响了，“在上面这儿！”

她抬起头来看看壁炉架，瓷盆倒在了钟的旁边，上面还有一道大的裂缝。简觉得很奇怪，画里面的一个孩子甩了甩马缰，弯腰痛苦地用双手抱着膝盖。而另外两个孩子则回过头来同情地看着他。

“可我一点儿也不懂。”简对自己也对那陌生的声音说道，瓷盆上孩子抬起头向她笑了笑。

“你一点儿也不懂？嗯，我想你也不懂。我看到你和迈克尔经常连对最简单的事情不懂……是吗？”他笑着向他的兄弟们转过脸去问。

“是！”一个说，“连如何哄双胞胎都不懂！”

“也不懂怎么画好鸟蛋，而是弄得它们歪歪扭扭的。”另一个说。

“你是怎么知道双胞胎……还有蛋的？”简红着脸吃惊地问。

“我的天哪！”第一个孩子说，你不会认为我们一直看着，但却不知道这房间里发生过的事情吧？当然我们的确看不到儿童卧室，也看不到浴室。浴室瓷砖是什么颜色的？”

“粉红色的。”简回答说。

“我们的是蓝色的和白色的。你想去看看吗？”

简不知道怎么回答。她真的不知道怎么回答才好，只是非常吃惊。

“来吧！如果你愿意的话，威廉和埃弗拉可以给你当马，我拿着马鞭在旁边跑。如果你不知道我们是谁，那么我可以告诉你，我叫瓦伦丁。我们三个是三胞胎。当然，还有克里斯蒂娜。”

“克里斯蒂娜在什么地方？”简在瓷盆上寻找着。但她只看到了翠绿的草原，小小的赤杨林，还有瓦伦丁、威廉和埃弗拉德他们三个站在一起。

“进来看看吧！”瓦伦丁伸出手来劝她，“为什么光让别人出去高兴地玩呢？你跟我们来吧，到瓷盆里边来！”

这句话让她下定了决心。她要让迈克尔看到，不仅是他和双胞胎能去串门。她也要让他们感到妒忌，感到懊悔。

“那好吧，”她说着伸出了一只手，“我去！”

瓦伦丁一手抱着她的腰，把她拉向了瓷盆。一瞬间她就已经不是在阴凉的儿童室里，而是在阳光普照的广阔的草原上了，脚底下也不是儿童室的破地毯，而是柔软的草地和到处都是的雏菊。

“好啊！”瓦伦丁、威廉和埃弗拉德三个围着她又蹦又跳。她发现到瓦伦丁是一瘸一拐的。

“噢，我忘了！”简后悔地说，“你的膝盖！”

他对着她笑了笑。“没关系，是裂缝给弄的。可我知道你不是故意要伤害我的！”

然后简拿出手帕，给他包住了膝盖。

“这样好多了！”他有礼貌地说着，然后把马缰绳塞给她。

威廉和埃弗拉德仰起头来嘶叫着跑过草原，简摇着缰绳叮叮当当地跟在后面。

在她身边跑着的是瓦伦丁，一瘸一拐的，因为膝盖受了伤。

他一边跑一边唱着：

“亲爱的，你就是一朵甜蜜的花，
我觉得你比什么花都要甜蜜；
我很高兴能把你佩在我的胸前，
我非常地爱你！”

威廉和埃弗拉德也加入了合唱：

“我非常非常地爱爱爱你！”

简觉得这是一首很很老的歌，而且这三胞胎的样子也全都是老式的——长长的头发、奇怪的衣服和说话时彬彬有礼的样子。

“真奇怪！”她心里想着，觉得这比在拉克小姐家吃茶点还要有趣，她要是把这件事告诉迈克尔，他一定会眼红的。

两匹马拉着简跑着，离儿童室越来越远。

现在她停了下来，喘着粗气，回过头看他们在草地上走过的脚印。在草原的那头，她看见了瓷盆的外沿。它看上去非常小非常远。她内心说，应该往回走了。

“现在我得回去了，”她放下了叮叮当当的马缰绳说。

“噢，不不！”三胞胎一下子围住她说。

现在他们让她觉得不好过了。

“家里会想我的。我恐怕得回去了。”她飞快地说。

“这早着呢！”瓦伦丁抗议，“他们肯定还在拉克小姐家。来吧，我给你看看我的那盒颜色。”

简一下子被吸引住了。

“你有锌白色的吗？”她期待地问，因为她自己的那盒颜色就缺少锌白色的。

“有，当然有，银管装的。快来吧！”

简违背了自己的意愿，让他给拉走。她想，看完那盒颜色就马上回家。她甚至都没打算求他们让她用一用锌白色。

“可你们的家在什么地方啊？不是在瓷盆里面吗？”

“当然是啊！不过你是看不见的，因为它被树林遮住了。来吧！

他们带着她在黑漆漆的赤杨树的树枝下面走着。枯叶在脚下咔喀咔喀地响，还不时有鸽子从一个树枝上飞到另一个树枝上，发出了很响的拍打翅膀的声音。威廉给简指了指一堆干树枝上的知更鸟窝，埃弗拉德折下了一根带叶的枝条编成花环，围在她的头上。虽然他们非常友好，可简还是既胆小又紧张，等到树林到了尽头，她感到很高兴。

“已经到了！”瓦伦丁挥着手说道。

她看见前面是一座由石头做成的大房子，外面布满了漂亮的常春藤，比她见过的所有房子都要古老，好像吓人似地向她倾斜了过来。台阶的每一边都有一只石头狮子趴在那儿，像时时刻刻准备着跳起来似的。

房子的影子落到了简身上，她被吓得直哆嗦。

“我不能久呆在这儿……”她觉得很不舒服地说，“回家要晚了。”

“就只待五分钟!”瓦伦丁把她拉进了门厅，答应她说。

石头地上响起了他们咚咚的脚步声。房子里连个人影都没有。除了她和三胞胎以外，房子里好像完全是空的。走廊里呼呼地吹过了寒风。

“克里斯蒂娜!克里斯蒂娜!”瓦伦丁一边把简拉上楼一边大叫。“她来了!”

他的叫声在整座房子里发出回声，每一堵墙都好像在可怕地响应道：“她来了!”

然后是一阵急促的奔跑的脚步声，门砰地一声打开了。一个比三胞胎稍微高一点儿、穿着老式的花裙子的小姑娘跑出了房间，向着简扑了过来。

“终于来了，你终于来了!”她兴奋地大叫道，“孩子们都不知道等了你多久!可是他们以前抓不到你，因为你总是那么快乐!”

“抓我?”简疑惑地说，“我不懂。”

她开始害怕起来，后悔跟瓦伦丁到瓷盆里来了。

“曾祖父会跟你解释的，”克里斯蒂娜带着古怪的笑容说。她拉着简走过楼梯口，走到门里去。

“咳咳咳!发生了什么事啊?”一个非常小的干哑的声音问道。

简一看，害怕地向克里斯蒂娜身边倒退了回去。因为在房间另一头，壁炉旁边的椅子上坐着一个让她心惊胆战的人。火光闪烁着照亮一个很老很老的人，老得让他看来就不像个人，而更加像是个影子。他的薄嘴唇下面还垂着一撮稀疏的胡子，虽然他戴着帽子，可简看得出来他的头已经秃得像个蛋。他穿着一件老式的长衬衣，绸子都褪色了，瘦脚上还穿着一双古老的绣花拖鞋。

“原来是她啊!”那影子似的人把嘴里的长烟斗拿了出来，“简终于来了。”

他站直了身子，可怕地笑着向她走过来，眼窝里的眼睛正在燃烧着，发出了钢铁般的亮光。

“我希望你能一路顺风，亲爱的!”他嘶哑着声音说道，用瘦骨嶙峋的手把简拉到了身边，亲了亲她的脸蛋。一碰到他稀疏的灰胡子，简就叫着跳开了。

他又发出了那种可怕的笑声。

“她是跟他们一起穿过了赤杨林来这儿的，曾祖父。”克里斯蒂娜解释道。

“啊？他们是怎么抓住她的？”

“她正在因为自己是最大的而发脾气，把她的颜色盒往瓷盆上扔，砸伤了瓦伦丁的膝盖。”

“原来是这样！”那苍老而可怕的声音轻轻地说道，“是发脾气吗？好吧好吧……”他轻轻地笑着。“现在你可是最小的了，亲爱的！你是我最小最可爱的曾孙女。可在我这里不允许发脾气！嗐！亲爱的，噢，发脾气可不好。好，现在过来坐在火炉旁边吧。你是喝茶还是喝樱桃酒？”

“不，不！”简叫了起来，“你怕是弄错了，现在我得回家啦。我住在樱桃树胡同十七号。”

“你原来是住在那儿的。”瓦伦丁得意洋洋地纠正她的话，“可现在你住在这儿了。”

“但你不懂！”简手足无措地说，“我不想住在这个地方。我想要回家。”

“胡说八道！”曾祖父声音嘶哑地说道，“十七号可是个可怕的地方，既俗气，又不通气，还很摩登。而且你住在那儿也不快乐。嗐！我知道最大是怎么一回事——所有的事情都让你去做，一点儿自己的时间也没有。嗐！可在这儿……”他晃了晃烟斗，“你住在这儿将会是个被惯坏的姑娘，是我们的心肝宝贝，别再回十七号去了！”

“别回十七号去了！”威廉和埃弗拉德也跟着说了一遍，围住她又蹦又跳。

“噢，我必须得回去。我必须得回去！”简哇哇大叫，眼泪都出来了。

曾祖父张开了没牙的嘴可怕地笑着。

“你觉得我们会放你回去吗？”他眨了眨明亮的燃烧着的眼睛问道，“你砸坏了瓷盆。你必须为这个事情负责。克里斯蒂娜、瓦伦丁、威廉和埃弗拉德要你来做他们的妹妹。我要你做我可爱的曾孙女。而且，你欠了我们的账，你弄伤了瓦伦丁的膝盖。”

“我一定会赔偿他的，我会把我的那盒颜料给他。”

“他已经有颜色盒了。”

“那么给他铁环。”

“他过了玩铁环的年纪了。”

“那么……” 简实在想不出任何东西来了，“我长大后嫁给他行吗?”

曾祖父嘶哑着声音笑了起来。

简哀求似的向瓦伦丁转过脸去，他摇了摇头。

“我怕那已经太迟了。” 他伤心地说，“我早就已经长得很大很大了。”

“那还有什么，那还有什么东西……噢，我真不懂。我到底在什么地方啊?” 简恐惧地四面张望着，叫着说。

“离家非常远，我的孩子，离家很远很远。” 曾祖父声音嘶哑地说，“你现在是回到了过去……回到了六十年前的时候!”

简噙着眼泪看到了他的眼睛在很旺地燃烧。

“那么……我如何才能回家呢?” 她悄悄地问。

“你已经回不去了，你必须得留在这个地方。你也没有地方可去了。你要知道，你已经回到了过去！双胞胎和迈克尔，甚至你们的爸爸和妈妈都还没有出生；十七号的房子也还没建造。你没有家可回了!”

“不，不!” 简绝望地大叫，“这绝不可能是真的！这绝不可能!” 她的心咚咚地跳着，永远也见不到迈克尔、双胞胎和爸爸、妈妈还有玛丽阿姨了!

她突然之间提高了嗓门大叫了起来，叫得所有的石头走廊都发出了可怕的回声。

“玛丽阿姨！对不起，我又乱发脾气了！噢，玛丽阿姨，救救我吧，快来救救我啊!”

“快！快！紧靠着她！把她团团围住!”

她听见曾祖父凶狠狠地下着命令，她感觉到那四个孩子紧紧地围住了他。

她紧闭着眼睛。“玛丽阿姨!” 她绝望地又叫，“玛丽阿姨!”

突然，一只手紧紧抓住了她的手，把她从团团围住她的克里斯蒂娜、瓦伦丁、威廉和埃弗拉德的手中给拉了出来。

曾祖父沙哑地笑声在房间里回荡着。她的手被抓得更紧了，只感觉到被拉走了。她不敢睁开眼睛看，害怕又看到那些可怕的眼睛，可又拼命地想抽出被紧紧抓住的手。

“咳咳咳！”

沙哑地笑声又响了起来，那只手一下子把她拉走了，走下了石头楼梯，走过了发出回声的一条条长长的走廊。

她现在已经绝望了。她后面克里斯蒂娜和三胞胎的恐怖的声音已经轻得听不见了。他们已经帮不了任何忙了。

她绝望地跌跌撞撞地走在了飞跑的脚步的后面，虽然眼睛闭上了，可她还是感觉到了头顶上的黑影和脚下潮湿的泥土。

发生了什么事？她在上什么地方去，噢，上什么地方去呀？她如果不发脾气就好了，她如果不发脾气就好了！

那只有力的手拉着她一直向前跑，现在她感觉到了脸上温暖的阳光，她被拉走时，锐利的草轻轻地擦着她的腿。接着突然有一双手像铁箍似的抱住她，把她举了起来，接着抛向了空中。

“噢，救命啊，快救救我啊！”她哇哇大叫着，发疯似地在这双手的中间扭来扭去。不经过斗争她是不会屈服的，她踢啊踢啊踢啊……

“谢谢你。”她的耳边响起了一个非常熟悉的声音，“千万别忘了，这可是我最漂亮的裙子，得穿一整个夏天呢！”

简睁开了眼睛，一双凶狠的蓝眼睛死死盯住她看。

紧紧抱着她的是玛丽阿姨，而她在狠狠地踢着的也是玛丽阿姨的腿。

“噢！”她惊呆了。“原来是你呀！我还以为你没听见呢，玛丽阿姨！我以为我得一辈子留在那个地方了。我还想……”

“有的人想得太多了，”玛丽阿姨边说着边轻轻地把她放了下来，“这一点是不用怀疑的。请擦一擦你的脸吧！”

她把一块蓝色手帕塞到了简的手里，接着开始在儿童室里铺床。

简用那块蓝色的大手帕委屈地擦着满是泪痕的脸，并看着玛丽阿姨。她环顾着熟悉的房间，这里有旧地毯、玩具柜和玛丽阿姨的扶手椅。看到了这些熟悉的东西，她感到安全、温暖和舒适。她听着玛丽阿姨干活时发出的熟悉的声音，她的恐怖就消失了。她全身上下都觉得很舒服。

“发脾气的人一定不是我！”她边想着边自言自语地说，“那一定是另外一个人。”

玛丽阿姨走到五斗橱边上，拿出了双胞胎干净的睡衣。

简飞快地向她跑了过去。

“让我来熨它们行吗，玛丽阿姨?”

玛丽阿姨狠狠地吸了吸鼻子。

“这可不敢当，谢谢你。没事的，你太忙了！等迈克尔上来了，我再请他帮我。”

简一下子涨红了脸。

“请让我来熨吧。”她说，“我最爱帮忙了。再说我不是最大吗。”

玛丽阿姨双手叉着腰，看着简，仔细想了一下。

“嗯!”最后她说，“那你可别把它们给熨焦了！需要我缝补的洞已经够多的啦。”

她边说着边把睡衣交给了简。

“这件事绝对不可能是真的!”后来迈克尔听完了简的故事，笑话她说，“你身体那么大，不可能进去瓷盆的。”

简仔细想了一下，她一边说，一边也觉得不太像是真的。

“我也觉得不可能，”她说，“可那个时候却像是千真万确的。”

“我只希望你不过是想想。你老爱想个没完。”他觉得自己比她好得多了，因为他从来都不想。

“得了吧，你们，还有你们想的事!”玛丽阿姨生气地说着，推开了他们，将双胞胎放到了小床上。

“好。”她给约翰和巴巴拉的被子塞好了以后说，“我能有点时间照顾我自己的事了。”

她拿下了帽子上的别针，把帽子放回咖啡色的纸袋里。她解下项链和金盒，小心地将它们放进抽屉里。然后她脱下大衣，抖了抖，把它挂在了门后的衣钩上。

“你的新围巾去哪儿呢?”简说，“丢了吗?”

“没丢。”迈克尔说，“她回家的时候还围着了。我看见的。”

玛丽阿姨冲他们回过头来。

“管好你们自己的事就行了。”她严肃地说，“我的事我自己会管好的!”

“我只是想帮……”简开口解释。

“谢谢你，我自己干就行了!”玛丽阿姨吸着鼻子说。

简想跟迈克尔交换一下目光，但这一次轮到他没注意到她。他死死盯着壁炉架，好像不太能相信自己的眼睛似的。

“发生什么事了，迈克尔?”

“你应该不是想出来的吧!”他悄悄地指着瓷盆说。

简抬起头往壁炉架上看。那儿的瓷盆上有一道裂缝。瓷盆上画的是草原和赤杨树林，有三个孩子在玩骑马，两个在前，一个拿着马鞭在后面。

当马夫的那个孩子的大腿上还包着一条白色的小手帕，草地上还有一条印花围巾，好像是什么人跑过的时候掉下来的，上面有红有白。围巾一头还缝着一块小布片，上面绣着“玛丽”两个字。

“她应该就是在那个地方丢的!”迈克尔机灵地点了点头说道，“要告诉她我们已经找到了围巾吗?”

简转过脸看了看。玛丽阿姨正在扣着她的围裙扣子，那个样子就好像整个世界都对不起她似的。

“还是别告诉她的好，”她轻轻地说道，“我想她自己已经知道了。”

简站在那儿，看着有裂缝的瓷盆、包扎的手帕和头巾好长时间。

然后她拼命地穿过房间，向着浆过的白围裙扑了上去。

“噢，”她惭愧地叫道，“噢，玛丽阿姨！我以后再也不淘气了。”

玛丽阿姨把围裙抹平，嘴角边闪过了淡淡的笑容。

“嗯!”她就只说了这么一句……

他赶快转过脸去，在衬衣上束带子。玛丽阿姨的围裙生气地唰唰地响，她一下子走进房间去叫醒双胞胎。

第四章 颠倒先生

“请紧紧靠着我！”玛丽阿姨从公共汽车上下来，打开雨伞说，因为外面正在下着大雨。

简和迈克尔紧跟着她下了车。

“如果我靠着你，你伞上的雨水不就会掉到我脖子上吗。”迈克尔不满地抱怨说。

“如果你迷路了得找警察，可千万别怪我！”玛丽阿姨严厉地说着，麻利地避开了水坑。

她在路口的那家药房的外面停了下来，看着橱窗里的三个大玻璃瓶上照出来的自己的影子。她同时看到了一个绿的玛丽·波平斯、一个蓝的玛丽·波平斯和一个红的玛丽·波平斯。每一个她都拎着带铜扣的崭新的皮包。

玛丽阿姨得意地看着三个瓶子上的自己的影子，发出了会心的微笑。她花了好几分钟时间把手提包不停地换来换去，试着各种样子，思考着哪一种拎法是最好看的。最后她决定了，还是把包挂在胳臂肘上最好看。她决定就这么拎了。

简和迈克尔站在了她的旁边，一声也没敢吭，互相看了看，心里在叹气。雨从她那把鹦鹉柄雨伞的边上一直落在了他们的脖子上，让他们觉得浑身不舒服。

“好，别再让我等着了！”玛丽阿姨严厉地说着，然后转身离开了她那三个绿色、蓝色、红色的影子。简和迈克尔互相看了看，简摇了摇头冲迈克尔做了个鬼脸叫他别说，但迈克尔已经叫了出来：

“我们可没让你等着，是你让我们等着的……”

“不许说！”

迈克尔听了后不敢再开口了。他和简站在她两边费劲地走着，有的时候甚至得小跑才能跟得上她轻盈的脚步。有的时候得等她，两条腿不停地换来换去，这个时候她又在看橱窗的玻璃了，看这样拿手提包是不是的确像她想的那么漂亮。

瓢泼大雨落了下来，从伞顶一直落到了简和迈克尔的帽子上。简在胳肢窝里夹着用两张纸小心翼翼地包好的瓷盆。他们正打算把它带去给玛丽阿姨的堂兄颠倒先生让他修理，玛丽阿姨告诉班克斯太太说他是专门修东西的。

"那好吧，"班克斯太太带着几分怀疑的语气说，"我希望他能修得让人满意，一天修不好，我就一天不敢去见卡罗琳姨婆。"

这个瓷盆是在她三岁的时候卡罗琳姨婆送给她的，万一被打破了，卡罗琳姨婆肯定会不高兴的。

"太太，我家的人，总是会让人满意的，"玛丽阿姨狠狠地吸了吸鼻子说。

她的样子那么凶，班克斯太太快忍受不了了，只好坐下来要了杯茶喝。

啪嗒!

简一脚踩在了水坑当中。

"请看看你到底走到什么地方去了!"玛丽阿姨厉声地说着，晃了晃伞，水滴全都落在了简和迈克尔身上。"这雨真够让人心碎的。"

"心碎了颠倒先生能修好吗?"迈克尔好奇地问。他很想知道，颠倒先生是什么破东西都能修好，还是只能修好某几样东西。"他能修好吗，玛丽阿姨?"

"再敢开口你就回去!"玛丽阿姨厉声说。

迈克尔绷着脸说，"我不过是问问。"

"那就别问了!"

玛丽阿姨生气地吸了吸鼻子，利索地拐过一个路口，打开一家院子的铁门走了进去，敲了敲一座摇摇欲坠的小房子的门。

"嗒嗒嗒嗒!"敲门环的声音在屋子里传来空洞的回声。

"噢，我的天哪!"简跟迈克尔咬耳朵，"要是他不在家可就糟糕了!"

可就在这个时候传来了一阵沉重的脚步声，门咔哒一响被打开了。

门口站着一个红脸的胖女人，说她是人，其实她看起来更像是两个苹果叠在了一起。她长长的直头发在头顶上被挽成了一个髻，薄嘴唇表现出一种不高兴和看不起人的表情。

“好啊！”她瞪着眼睛生气地说，“如果不是你，我就不是人！”

她好像不怎么高兴见到玛丽阿姨。玛丽阿姨也不怎么乐意见到她。

“颠倒先生现在在家吗？”她没理那胖女人的话，问道。

“那我可说不准，”胖女人非常不客气地说，“他可能在家也可能不在家。这要看你怎么看了。”

玛丽阿姨进了门，瞪大眼睛盯着她看。

“那个是他的帽子，是吗？”她指着挂在门厅衣帽钩上的旧毡帽问道。

“唔，当然是啰，可以这么说。”那胖女人不情不愿地说。

“那他就一定在家了。”玛丽阿姨肯定地说，“我家的人出去的时候没有不戴帽子的。他们都十分庄重。”

“唔，我只能告诉你今天早上他跟我说过的话，”胖女人说，“他说，‘塔特莱特小姐，今天下午我可能在家也可能不在家，说不好。’他就是这么说的。你最好自己上楼去看看，我可不是个爬山运动员。”

胖女人低头看了看自己胖胖的身体，摇摇头。简和迈克尔一看就明白了，一个体积像她那么大的人，是不大愿意常常在颠倒先生摇摇晃晃的窄楼梯上走来走去的。

玛丽阿姨狠狠地吸了吸鼻子。

她凶狠狠地对着简和迈克尔说：“请跟我来吧！”于是他们紧跟着她跑上了嘎吱嘎吱响的楼梯。

塔特莱特小姐站在门厅里冷漠地看着他们，脸上露出了高傲的笑容。

在楼上的楼梯口，玛丽阿姨用伞柄敲了敲门，里面没有传来任何回音。于是，她敲得更响了，可还是没有任何回音。

“阿瑟哥！阿瑟哥，你现在在家吗？”她顺着钥匙孔叫了进去。

“不在，我已经出去了！”远处传来了回音。

“怎么可能出去呢？我明明听见了他的声音！”迈克尔悄悄地对简说。

“阿瑟哥！”玛丽阿姨转动门把手说，“我知道你现在在家。”

“不不，现在我不在家。”远远的声音辩解说，“我告诉过你我已经出去了。今天可是第二个星期一！”

“噢！我的天哪，我给忘了！”玛丽阿姨说着，生气地转动门把手，把门打开了。

简和迈克尔一开始只看到了一个大房间。空空的，房间的一头有一张木匠工作台，上面堆满了各种各样古怪的东西——没有鼻子的瓷狗、没有尾巴的木马、破玩偶、破盘子、没柄的刀、两条腿的凳子——天底下要修补的东西好像全在这儿。

周围的墙上全是架子，从地板一直到天花板，架子上也堆满了破瓷器、碎玻璃和破玩具。

可房间里一个人影也没有。

“噢，”简失望地说道，“他最终还是出去了！”

这个时候玛丽阿姨已经穿过房间冲到了窗口。

“阿瑟，立刻进来！外面下着这么大的雨你还出去，你忘了前年冬天你还生过支气管炎！”

简和迈克尔大吃了一惊，只见她抓住窗台上的一条长腿，从外面拉拽进来了一个愁容满面、蓄着八字胡的瘦长男人。

“你真该感到害臊。”玛丽阿姨不高兴地说道，一只手抓住了颠倒先生，另一只手关窗户。“我们带来了重要的的东西要你修理，你这儿却是这样的。”

“我没办法。”颠倒先生抱歉地说道，用一条大手帕擦着他充满忧愁的眼睛。“我已经告诉过你了，今天可是第二个星期一。”

“到底这是什么意思啊？”迈克尔疑惑地看着颠倒先生问道。

“啊！”颠倒先生向他转过身来，有气无力地跟他握了握手。“承问承问，真多谢你能问。谢谢谢谢。”他停下来又擦了擦眼睛。他说：“你知道，其实是这么一回事。一到一个月的第二个星期一，我所有的事都颠倒。”

“什么事都颠倒？”简问他，又是同情是又充满了好奇。

“就拿今天来说吧！”颠倒先生说，“今天恰好是一个月的第二个星期一。我要在家——因为活儿太多了——我就会自动出去。可如果我要出去，就自然会在家了。”

“原来是这样。”虽然简嘴里这么说着，其实她根本就不明白。“因此……”

颠倒先生点了点头，“对，我听见了你们上楼的声音，我想在家。因此，我一下子就——出去了！要不是玛丽及时拉住我，我这个时候还在外面呢。”他叹了一口气。

“当然，也不是一整天都这样。只在三点到六点之间……可即便是只有这几个钟头，也已经够受的了。”

“我觉得也是。”简同情地说。

“可问题还不仅是发生在家或者出去上……”颠倒先生伤心地说了下去。“颠倒的事情可多了。我想上楼，却总是在往下跑。我想向左转，却总是往右转。我才想向西，就已经向东了。”

颠倒先生擤了擤鼻子。

“最糟糕的就是，”他继续说下去，眼睛中又充满了泪水，“我的性情也全变了。你们现在看看我吧，你很难相信我是一个快活人……对吗？”

确实，颠倒先生看上去既忧郁又苦恼，根本不可能是个快活人。

“可这是为什么呢？为什么啊？”迈克尔抬头不解地看着他问。

颠倒先生难过地摇了摇头。

他严肃地说：“啊！我本应该是个姑娘的。”

简和迈克尔看了看他，又相互看了看。他这又是什么意思？

“你看，”颠倒先生解释道，“我妈想生个姑娘，结果生下来的却是个男孩。所以说从一开始，也可以说从我被生下来起一切就颠倒了。这也就是在那个月的第二个星期一。”

颠倒先生又开始流泪了，用手帕捂着脸轻轻地哭。

简同情地拍了拍他的手。

他好像变得高兴了点儿，虽然他没有笑。

他又说：“当然，这样对我的工作不利。你看上面！”

他指着一个比较大的架子，上面放着一排大小不一、颜色各异的心，有的裂开了，有的破碎了。

“这些都是急着要修好的。”颠倒先生说，“我如果不立刻送回去，真不知道人们会有多么的生气。为了心，他们会比什么都生气，可不过六点钟我根本都不敢碰它们。它们会被毁了的，就跟这里的一模一样！”

他朝另一个架子指了指。简和迈克尔仰起头来看见架子上的东西堆得很高，但全都修补错了，一个瓷的牧羊女和瓷的牧羊童被分开了，她的手却被粘在了一只铜狮的脖子上。一个从小船上拧下来的玩具水手被牢牢地粘在了一个画着柳树的盘子上。而在小船上粘着却是一只灰绒毛象，用鼻子卷着桅杆。破盆子是被铆了起来，但花纹却一点儿都对不上。而木马的腿被牢牢粘在洗礼用的银杯上。

“都看见了没有？”颠倒先生挥了挥手，绝望地说道。

简和迈克尔点了点头。他们觉得颠倒先生非常非常可怜。

“好了，就别去想这个了。”玛丽阿姨不耐烦地打断了他的话。“最要紧的是这个瓷盆。我们把它拿来这儿是来请你修的。”

她从简的手里拿过了瓷盆，一只手继续拉住颠倒先生，另一只手开始解绳子。

“唔，”颠倒先生说，“一只瓷盆，有一道很深很深的裂缝。好像有人用东西砸过它。”

他这么一说，简的脸马上就红了。

“如果不是在今天”他说了下去，“我可以修好。但是今天……”他没把握地说。

“别胡言乱语，很简单的。你只要在这儿，这儿，这儿铆接起来就可以了。”

玛丽阿姨指了指裂缝，放开了颠倒先生的手。

她一放手，颠倒先生立刻就飞起来，像风车那样的旋转。

“噢！”颠倒先生大叫道，“你为什么要放手？可怜可怜我吧，我又要飞出去了！”

“快点关上门！”玛丽阿姨大叫道。简和迈克尔立刻奔过房间，就在颠倒先生飞出去之前的一瞬间把门给关上了。颠倒先生砰地在门上狠狠撞了一下，又轻盈地旋转着飞走了，满脸都是极其悲伤的表情。

他突然停了下来，但姿势十分奇怪，不是两条腿站在地上，而是头着地倒立着。

“天哪我的天哪！”颠倒先生两腿在半空中乱踢，“天哪我的天哪！”

可他的两条腿怎么都没法回到地上，一直在空中轻轻地摇晃着。

“这还算好的，”颠倒先生忧郁地说，“总比悬在外面的雨里强的多，在外面又不能坐，又没雨衣可穿……虽然也没好多少。你们瞧！”他看着简和迈克尔说，“我越想脚朝下——也是我活该！——我越是脚朝上。好了好了，也没关系了。我现在已经习惯了，都已经45年啦。把瓷盆给我吧。”

迈克尔跑去把玛丽阿姨手里的瓷盆拿过来放在了颠倒先生头旁边的地板上。在迈克这样做的时候，突然发现自己发生了一件奇怪的事。地板似乎推开他的脚，把它们推到了空气当中。

“噢！”迈克尔大叫道，“我觉得有趣极了。我身上发生了最不寻常的事！”

这个时候他也像风车一样旋转着飞了起来，在房间里飞上飞下，一直到头着地，停在了颠倒先生身边。

“天哪！”颠倒先生用眼梢看着迈克尔，吃惊地说，“我从来都不知道这也会传染。你也传染上了？好，所有……喂，喂，别动！你要小心，别把架上的东西都踢下来，否则我就得赔了。你在干什么呢？”

这句话他是对简说的，因为她的腿突然离开了地毯，用最快的速度滴溜溜地转。她一会儿头在上一会儿又脚在上，转啊转啊，最终来到了颠倒先生的另一边，头顶着地倒立着。

“你懂的。”颠倒先生认真地看着她说，“太奇怪了。我从来都不知道别人也会出这种事。我从不知道，说真的。所以我希望你能别介意。”

简哈哈大笑，晃动着悬空的双腿，向他转过了脸去。

“我一点也不介意，相反谢谢你。我一直都想倒立，可一直都办不到。这真是太舒服了。”

“唔，”颠倒先生伤心地说道，“我真的很高兴有人能喜欢这样。但我不能说我喜欢这个。”

“我也喜欢这样。”迈克尔愉快地说，“真希望我能一辈子都这么待着。所有东西都看上去那么好，那么不一样。”

真的，每样东西看上去都不一样。通过他们在地板上的古怪位置，简和迈克尔看到木匠工作台上的所有东西全是颠倒的——瓷狗、坏玩偶、木凳等等全都倒立着。

“瞧!”简悄悄对迈克尔说，他的头拼命转到了这边来。墙洞里爬出了一只小耗子。它滚到了房间中间，倒立着，用鼻子顶着地站在他们面前。

他们非常吃惊地看了它一会儿。迈克尔突然又叫起来：

“姐姐，你快看窗户外面!”

她慢慢地扭过头，因为扭转头非常不容易。她一下子大吃了一惊，房间外面的所有东西跟房间里面的所有东西一样，跟平时完全不一样。街上的房子全都倒立着，烟囱在人行道上，门口的台阶在空中，门口还冒出了一小股一小股的烟。远处的一座教堂也倒了过来，整座房子都由塔尖支撑着。雨平时都是从天上掉下来的，可这个时候却不断从下往上洒去。

“噢,”简说，“全都这么奇怪呀，奇怪得漂亮极了！就好像在另外一个世界。我们今天能到这里来，真是太让我高兴了。”

“谢谢。”颠倒先生悲伤地说道，“我得好好谢谢你，你真能原谅人。好吧，这瓷盆怎么样?”

他伸手准备去拿瓷盆，可瓷盆就在这个时候一滚，翻了一个身。那动作又快又有趣，简和迈克尔禁不住大笑了起来。

“这对我来说没什么好笑的，我告诉你们,”颠倒先生悲伤地说道，“我得把铆钉倒过来给铆上……如果它们露了出来，也就只好让它露出来，我没办法了。”

他从口袋里拿出了工具，开始修那瓷盆，一边修一边轻轻地啜泣。

“嗯!”玛丽阿姨弯下腰来把瓷盆捡了起来，“已经修好了，现在我们得走了。”

颠倒先生听完后伤心地哭了起来。

“丢下我离开吧！没错,”他痛苦地说道，“不用留下来帮我忘掉忧愁，别向我伸出友好的手来。我不配。我只希望你们能赏脸留下来吃点儿东西，最高一层的架子上有罐头葡萄干蛋糕。但不过我不敢这样期望。你们有你们自己的事，我不应该请你们赏光留下来的。今天就不是我的幸福日子……”

他从口袋里掏出了手帕。

“这个……”玛丽阿姨说，手套扣子扣到一半的时候停下了。

“噢，留下来吧，留下来吧，玛丽阿姨！”简和迈克尔一起兴奋地叫着，用头起劲地蹦蹦跳跳。

“只要你站在椅子上就能够到蛋糕了！”简劝她。

颠倒先生第一次哈哈笑。虽然笑声很凄凉，但确实在笑。

“她根本不用椅子的！”他忧伤地咯咯地笑着说，“她有她喜欢的办法能拿到她喜欢的东西……她有她自己办法的。”

就在这个时候，玛丽阿姨在孩子们惊奇的眼神注视下做了一件奇怪的事情。她直挺挺地踮起脚尖站了好一会儿，站稳以后，她很慢很优雅地像风车一样旋转着升向了空中，转了七八圈，裙子笔挺地垂在了脚踝骨上，帽子端正地戴在了头上，就这样转到了架子的顶上，拿下了蛋糕，又重新转了下来，恰好头着地，停在了颠倒先生和孩子们面前。

“好啊！好啊！太好了！”迈克尔兴奋得大叫。可玛丽阿姨在地板上凶狠狠地瞪了他一眼，吓得他恨不得一句话也没说过。

“谢谢你，玛丽。”颠倒先生悲伤地说过，但一点吃惊的样子也没有。

玛丽阿姨急促地说道：“给你！这可是今天我为你做的最后一件事了。”

她边说着边把罐头放在了颠倒先生的面前。

它晃晃悠悠地转了一圈，打了个滚，罐底朝上了。颠倒先生每次把它翻过来，它还是会翻过去。

“唉，”他没有任何办法了，“我早就明白了！今天没任何一样是顺着的，当然也包括这罐头蛋糕。那我只好打开罐底了，我就请……”

他用头蹦蹦跳跳到门口，从门底下的缝大声冲下面喊。

“塔特莱特小姐！塔特莱特小姐！对不起，能麻烦你拿个开罐头的东西过来吗？”

楼下远远地传来了塔特莱特小姐冷冷的不愿意的回答。

“呸！”房间里响起一个嘶哑的声音，“呸，根本用不着叫她！就让我波利来干吧！别叫这个女人！美丽的波利！聪明的波利！”

简和迈克尔回过头来，吃惊地看到说话的竟然是玛丽阿姨那把鹦鹉头的伞，它这个时候像风车似地旋转着来到了罐头旁边，头朝下落在了罐头上，转眼间就用嘴啄开了一个大窟窿。

“好了！”鹦鹉头骄傲地呱呱大叫，“是我波利干的！是美丽聪明的波利打开的！”它露出满脸的得意笑容，倒过头来回到了玛丽阿姨的身边。

“谢谢，谢谢你，颠倒先生悲伤地说道，已经能看得见黑色的蛋糕了。”

颠倒先生从口袋里掏出刀来切了一片，他大吃了一惊，更加仔细地看了看蛋糕，然后生气地看着玛丽阿姨。

“这都是你干的，玛丽！别否认。刚打开的时候明明还是葡萄干蛋糕，但现在……”

“多孔蛋糕更易于消化。”玛丽阿姨严肃地说道，“请慢慢地吃吧。你可不是一个野人！”她厉声地说着，亲自给了简和迈克尔一人一小片。

“也还不错。”颠倒先生苦着脸嘀嘀咕咕地说，两口就把他的一片给吃掉了。“不过说实话，我还是喜欢吃葡萄干蛋糕，唉，今天真是我的倒霉日啊！”一听见有人大声地敲门，他顿住了。“请进来吧！”他大声叫道。

塔特莱特小姐看起来更加圆了，上楼梯让她走得气喘吁吁的，她一下子冲进了房间来。

“开罐头的东西拿来了，颠倒先生……”她严肃地开口，然后又一下子住了嘴，睁大了眼睛吃惊地看着他们。

“天哪！”她张大了嘴巴，手里开罐头的东西掉了下来。“我见过那么多古怪的事，可没想到会看见这样稀奇的事！”

她上前了一步，不屑地看着那四双晃动的脚。

“你们都倒立着，就像是天花板上的苍蝇！你们可都是高贵的人。这里可不是我这种正经女人能待的地方。我得立刻离开这座房子，颠倒先生。请你记住这一点！”她生气地朝门口去。

可她迈腿的一刹那间，她那条翻动的大裙子缠住了她的胖腿，把她从地上带到了空中。

她惊慌失措，拼命地把手张开。

“颠倒先生！快把我拉下来！颠倒先生！请拉住我！救命啊！快救救

我！”塔特莱特小姐一边叫，一边也像风车似地快速旋转。

“噢，噢，我应该怎么办？天旋地转了！救命啊！快救救我啊！”她一边转一边尖声大叫。

可她转着转着突然变样了。她的那张胖脸没有了傲慢的表情，并开始露出微笑。简和迈克尔吃惊地看到她在房间里就这么转着转着，甚至直头发都变成了卷发。她再开口的时候，粗哑的声音竟然变得跟蜜糖一样甜了。

“我出了什么事呢？”塔特莱特小姐的新嗓子欢快地叫道，“我觉得我像个球！像个蹦蹦跳跳的球！可能是气球！也可能是樱桃饼！”她高兴地哈哈大笑。

“天哪，我是多么快乐啊！”她在空中翻来转去地叫道，“我从来都没这样快乐过，可现在我觉得我会一直这样快乐下去了。我觉得太好玩。我要写信回家告诉我的妹妹、我的堂姐堂妹和叔叔婶婶。我要让他们知道生活的正道其实是倒过头来，倒过头来，倒过头来……”

塔特莱特小姐一边快乐地唱着，一边继续转着。简和迈克尔看着她觉得很高兴，颠倒先生看着她觉得很惊讶，因为他们认为这位塔特莱特小姐只会看不起人，对人一点儿都不客气。

颠倒先生摇着撑在地上的头自言自语地说：“真奇怪真奇怪！”。

突然又有人敲门了。

“请问这里有个颠倒先生吗？”邮差拿着信站在门口问。他一看见房间里的情景就被惊呆了。

“我的天哪！”他把帽子往后一推，“我一定是走错了地方。我正在找一位叫颠倒的高贵文雅的先生，这儿有封信给他。我还跟妻子说过要早回家的，可我失约了，糟了，我想……”

颠倒先生在地板上说，“哈！这个坏了我可没办法修好。对不起，这不是我这行干的！”

投递员瞪着圆眼睛低头死死地看着他。

“我到底是不是在做梦啊？”他嘟嘟囔囔，“我似乎遇到了一群翻滚着的疯子！”

“请把信给我吧，亲爱的邮差！请把信给我颠倒先生吧，并且跟我一起倒立吧。你看，倒立着不会出任何事！”

塔特莱特小姐转到了邮差身边，一把拉住他的手。她一碰他，他的脚就离开了地板，飞了起来。于是邮差和塔特莱特小姐两个手拉手转了又转，像两个在滚着的足球。“多可爱啊！”塔特莱特小姐快乐地叫道。“噢，亲爱的邮差，今天是咱俩第一次看到真正的生活，看到这样的美景！咱们旋转着！这不是美妙极了吗？”

“对！”简和迈克尔也叫着加入了他们的风车旋转舞。

现在颠倒先生也加入进来了，拼命在空中旋转着。玛丽阿姨和她的伞也跟上了，她转得很平稳，姿态优雅极了。他们就这样又旋又转，外面的世界忽上忽下，塔特莱特小姐的欢呼声在房间里发出了回声。

“整个城，翻了身！”

她唱着歌开心地转啊转啊。

架子上的那些裂开了的和破了的心也像陀螺似的打转，牧羊女和她抱着的狮子一起优雅地跳着圆舞曲，灰色绒布象用长鼻子顶着船底倒立着，四条大腿在空中乱踢，玩具水手正在跳着号笛舞，但不是用脚而是用头，它在画着柳树的盘子上一蹦一跳，样子十分可爱。

“我多么快乐啊！”简欢呼着飞过了房间。

“我多么快活啊！”迈克尔叫着在空中翻跟头。

颠倒先生一边用手帕擦着眼睛，一边被窗玻璃弹了回来。

玛丽阿姨拿着她的伞一声不吭，只是优雅地飘着打转。

“我们都多么快乐啊！”塔特莱特小姐叫着说。

这时候投递员说话能力恢复了，他不同意她的话。

“唉哟！”他又转起来，大声叫着说，“救命啊！救救我啊！我在什么地方啊？我是谁啦？我在干什么？我一点儿也不明白。我都不知道自己在哪儿了！唉哟，救命啊！”

可没一个人来救他，而且塔特莱特小姐更是拉紧他的手翻转着。

“我……一直过着安稳的日子！”他呻吟说，“一举一动都是个正派人。唉哟，我的太太知道了会怎么看我！我怎么回家呢？救救我吧！开枪吧！贼强盗！”

他拼命把手从塔特莱特小姐的手里抽了出来。摇着他把信扔进放蛋糕的那个罐，旋转着出了门，滚着下了楼，大喊大叫：“我要去控告你们！我要报警！我要报告邮政局长！”

他一路滚下了楼，当然叫声也渐渐消失了。

“当，当，当，当，当，当！”

外面广场上的钟敲响了六下。

与此同时，简和迈克尔的脚砰地一声落到了地板上，他们站在那里觉得头晕脑胀。

玛丽阿姨轻盈地转了过来，头朝上，脚站在地上，样子优雅，衣服笔挺，就像是商店橱窗里的模特儿。

伞也翻了个身，用伞尖立在了地上。

颠倒先生两腿一转，脚落在地上站住了。

架子上的那些心一也不动，牧羊女、狮子、灰绒布象、玩具水手也都一动不动了。看着它们，你永远也会想到它们不久前还在用头跳舞。

只有塔特莱特小姐一个人还继续在房间里像风车般的旋转着，快乐地哈哈大笑，唱着她的歌。

“整个城，翻了身，翻了身，翻了身！”

她唱得兴奋极了。

“塔特莱特小姐！塔特莱特小姐！”颠倒先生大叫着向她跑去，眼睛里闪烁着奇特的光。等到她转到他面前时，他一把拉住了她的手，有多紧就拉多紧，直到她在他身边停了下来。

“你叫什么名字？”颠倒先生激动地喘着粗气问她。

塔特莱特小姐一下子脸红了，她害羞地看着他。

“先生，我叫塔特莱特呀，塔特莱特小姐！”

颠倒先生捧起了她的手。

“那你愿意嫁给我吗，塔特莱特小姐，愿意嫁给我做颠倒太太吗？那我真是太幸运了。你看起来变得那么快乐，也许你会包容每个月的第二个星期一。”

“包容，颠倒先生？它们将成为我最盛大的节日，”塔特莱特小姐说，“今天我每一次见到世界颠倒了过来，然后就得到了新的观点。我可以向你保证，我将期望着每个月的第二个星期一！”

她难为情地笑了笑，把另一只手也给了颠倒先生。颠倒先生、简和迈克尔很高兴，全都开心地笑了。

“已经过了六点钟，我想他应该可以恢复了！”迈克尔对简咬耳朵。

简没有回答。她正在看着秏子，它不再用鼻子倒立着，而是赶紧叼着一大块蛋糕回洞去了。

玛丽阿姨弯腰捡起瓷盆，把它包了起来。

“现在请捡起你们的手帕，戴好帽子。”她严肃地说。

“现在……”她拿起伞，把新的手提包放在了胳肢窝里。

“噢，我们今天不走吧，是吗，玛丽阿姨？”迈克尔问。

“你喜欢在外面过夜，我可不乐意。”她边说着边推着他朝门口走。

“你们真的要离开吗？”颠倒先生说。可他只是在说客套话，现在他的眼睛只顾得上看着塔特莱特小姐了。

但是塔特莱特小姐向他们走了过来，欢天喜地地笑着，抹了抹她的卷发。

“一定要再来玩，”她边说着边和每一个人热情握手，“以后请一定来。颠倒先生和我……”她难为情地低下了头，脸变得通红，“每个月的第二个星期一吃茶点时间都会在家的……是吗，阿瑟？”

“是是，不出去就一定在家，”颠倒先生说，“这一点我可以保证！”他哈哈大笑，简和迈克尔也哈哈大笑。

他和塔特莱特小姐站在楼梯口跟玛丽阿姨还有孩子们挥手告别，塔特莱特小姐快乐地红着脸，颠倒先生拉住了她的手，非常神气，非常骄傲。

“我从没想到居然这么容易就能……”迈克尔和简在玛丽阿姨的伞底下啪嗒啪嗒走时，迈克尔悄悄对简说。

简问他：“能什么啊？”

“能倒立啊，一回家我就马上开始练习。”

“我倒是希望我们能继续到那里过第二个星期一。”简向往地说。

“请上去!”玛丽阿姨说着合拢了雨伞，把孩子们推上公共汽车的楼梯。

他们俩并排坐在玛丽阿姨后面的位子上，悄悄谈论着今天下午的事。

迈克尔靠到了简的身边。

“可我说的话确实是真的。是吗?”他悄悄地说。

简摇了摇头，把手指头放在嘴唇上。她一直在看着玛丽阿姨的帽子。她确定玛丽阿姨没有看见，就指了指帽边。

在那顶闪闪发光的黑草帽上有一点蛋糕屑，只有倒立着吃点心的人帽子上才会有。

迈克尔死死地盯着蛋糕屑看了好一阵。接着他转过脸朝简会意地点了点头。

公共汽车轰隆隆地往家开，他们坐在那个地方一颠一簸的。玛丽阿姨的背挺的笔直，气呼呼的，就像在发出无声的警告。他们不敢开口跟她说话，可每一次公共汽车拐弯的时候，他们就能看见蛋糕屑在她的帽边上翻滚着……

第五章 新生的一个

“可我们为什么一定要跟埃伦一起出去散步呢?”迈克尔咕咕噜噜地说着，砰地一声关上了院子门，“我一点儿也不喜欢她。她的鼻子太红了。”

“嘘!小声点!”简说，“她会听见的。”

埃伦推着摇篮车，转过了头来。

“你可真狠心，你可真没规矩，迈克尔。我只是在尽我自己的义务!这么热的天气，我也不喜欢出去散步，就是这么一回事!”

她用绿手帕擤了擤她的红鼻子。

“那你为什么要去呢?”迈克尔问。

“因为玛丽阿姨正忙着了。好了，来吧，乖的话，我就给你买一便士的薄荷糖。”

“我不喜欢薄荷糖，我只要玛丽阿姨。”迈克尔叽叽咕咕地说。

啪哒，啪哒。埃伦脚步沉重地顺着胡同慢悠悠地往前走。

“我能够透过我帽子的每一道缝看见漂亮的彩虹。”简得意地说。

“为什么我看不见?”迈克尔生气地说，“我只看见了帽子的丝衬里。”

埃伦停在了路口，心急地看着混乱的交通。

“需要我帮忙吗?”警察向她恭敬地敬了个礼问道。

“这个，”埃伦红了脸说，“如果你能带我过马路，我就非常感谢了。我得了重感冒，加上还有四个孩子需要照顾，我真不知道是该用头站着还是用脚站着。”她又擤了擤鼻子。

“可你一定知道!你只需要看看就知道了!”迈克尔说，心想埃伦可真坏。

可显然警察的想法截然不同，因为他用一只手挽住埃伦的胳膊，而一只手抓住了摇篮车的把手，温柔地把她送过了马路，就好像她是新娘子一样。

“你有休假天吗?”他饶有兴趣地看着埃伦通红的脸问道。

“这个，”埃伦说，“说起来好像有半天。下一个星期的星期六。”她狠狠地擤了擤鼻子。

“这可真有意思，”警察说，“我恰好也是那天休息。下午两点的时候我经常在这儿的。”

埃伦张大了嘴吃惊地说，“噢!”。

“那就说好啦!”警察有礼貌地向她点了点头。

“好，我看看再说吧，再见。”埃伦说。

她一步一步地向前走，并不断回头看那个警察是不是还在看着她。

他一直都在看她。

“玛丽阿姨从不需要警察帮忙的，”迈克尔嘀嘀咕咕说，“她现在会在家里面忙些什么事情呢?”

“家里肯定要出大事情了，我可以肯定。”简说。

“你是怎么知道的?”

“我身体里面有一种空空的感觉。”

“呸!”迈克尔说，“我想你应该是饿了！我们能不能走得快一点儿，埃伦，走完就行了?”

“那孩子真是铁石心肠。”埃伦对着公园铁栏杆抱怨说，“迈克尔，我走不快了，因为我的脚……”

“你的脚怎么啦?”迈克尔不耐烦地问。

“再也走不快了，它们就只能走这么快了。”

“噢，我亲爱的玛丽阿姨!”迈克尔苦恼地说道。

他叹着气跟在摇篮车后面慢腾腾地走。简在他身边，透过帽子数着彩虹。

埃伦慢悠悠地一步一步往前走。一二，一二。啪哒，啪哒……

在他们后面的樱桃树胡同的的确确发生了一件重要的事情。

从外面看来，十七号跟所有房子一样安静，像睡着了似的。可在拉开的百叶窗里面却是又忙又乱，如果不是在夏天，路人就一定会认为屋子里正在进行大扫除，又或者在准备过圣诞节。

可是这房子本身在阳光里闪烁着，根本不管里面的事。它在想它自己的心事：我过去的时候也见过这种忙乱，或许以后还会看见的，那我为什么要管它？

就在这个时候，布里尔太太打开了前门，辛普森大夫匆匆忙忙地出来了。布里尔太太站在那儿用脚尖跳着圆舞，看着辛普森大夫边晃着他棕色的小皮包边走下了花园小路。紧接着她赶到食品室里紧张地大叫："罗伯逊，你在什么地方？快出来！"

她一步两级地上楼梯，罗伯逊·艾伸着懒腰打着哈欠跟在了她的后面。

"嘘！"布里尔太太说，"嘘！"

她把手指头竖起放在了嘴唇上，正踮起脚尖向班克斯太太的房门口走去。

"嘘，嘘！什么都看不见，只能看见衣柜。"她弯腰从钥匙孔看了进去，抱怨地说，"衣柜里居然还有一点藤蔓植物。"

接着她大吃了一惊。

"我的天哪！"她尖叫道，因为忽然门被打开了，她向后面的罗伯逊·艾身上倒了下去。

在一片亮光中站着玛丽阿姨，样子很严肃，似乎怀疑出了什么事情。她小心翼翼地抱着一样东西，像是一个毯子卷。

"噢！"布里尔太太呼吸不畅地说，"是你啊！我正在擦门把手，你就突然出来了。"

玛丽阿姨看了看门把手，脏兮兮的。

"你该说你在擦钥匙孔！"她讽刺地说。

可布里尔太太一点儿也不在乎。她温柔地看着那毯子卷，用红色大手掀开了一点儿，脸上露出了满意的微笑。

"啊！啊，小羊羔！"她温柔地说道，"啊，小鸭子！啊，小东西！我想说，好得像每一天都是星期日！"

罗伯逊·艾又打哈欠了，稍稍张开了嘴看着那毯子卷。

"又得多擦一双鞋了！"他靠着楼梯栏杆叹气地说。

“小心别脱手了！”当玛丽阿姨走过去时，布里尔太太担心地说道。

玛丽阿姨不屑地看了看他们。

“如果是我，我就只会管自己的事！”她酸酸地说。

她把毯子卷包好，走上楼到儿童室去了。

“请原谅我吧，请原谅我吧！”班克斯先生狂奔上楼，冲进了班克斯太太的卧室，差点儿就把布里尔太太撞倒了。

“哎呀！”他坐在床尾说，“糟糕透了，太糟了。我真不知道我怎么能受得了。我从没打算要五个孩子的。”

“太抱歉了！”班克斯太太高兴地向他笑着说。

“你没有一点儿对不起的样子，一点也没有。实际上你非常高兴，得意。可根本没什么值得高兴的，孩子还很小很小。”

“我就喜欢这样，”班克斯太太说，“总会长大的。”

“对，可真不幸！”他苦着脸回答道，“我得给她买鞋，买衣服，买脚踏车，对，我还得花钱送她上学，让她的一生能够有个好开端。花费可大了。等我老了坐在火炉旁边的时候，她却扔下我一个人走了。这一点我想你从来没有想过吧？”

“没有。”班克斯太太努力想装出歉疚的样子，可是怎么都装不出来，“我从没想过。”

“我知道你也不会想到的。好了，就先这样吧。不过我丑话说在前头，我不会把浴室的砖重铺了。”

“这个你别担心了，”班克斯太太安慰他说，“我最喜欢的就是那些旧瓷砖了。”

“那你就是一个傻透了的女人。我要说的就是这些了。”

班克斯先生离开了班克斯太太的卧室，在房子里又是叽里咕噜又是哇啦哇啦说了一大堆，可他一出前门就挺起了胸，把一支大雪茄烟放在嘴里。转眼之间就听到了他又响、又夸口、又得意地把这个消息告诉给了布姆海军上将……

玛丽阿姨在双胞胎的小床之间的那个新摇篮床上弯下腰来，把毯子包小心地放在了摇篮里。

“你终于来了！保佑我的嘴和尾巴，我还以为你永远都不会来呢！是个什么？”窗口传来一阵粗哑的声音。

玛丽阿姨抬起了头。

住在烟囱顶上的鹳鸟正在窗台上兴奋地跳着。

“是个女孩，叫安娜贝儿。”玛丽阿姨简短地介绍了一句，“请你声音轻一点，叽叽呱呱像喜鹊似的！”

可是鹳鸟不肯听。它在窗台上兴奋地翻着跟头，每次头一起来就像人鼓掌似地拼命拍着翅膀。

“今天是多么好的一天啊！”等它最后站直了身子喘着气时说道，“多美好的一天啊！噢，我要大声地唱！”

“你唱不出来的。就算到世界末日你也唱不出来的！”玛丽阿姨讽刺它说。

可鹳鸟高兴得一点儿也不在乎她嘲讽的话。

“一个小女孩！”它踮起脚尖跳着尖叫着，“这一季我生了三窝——你信吗？——可都是雄的。不过现在安娜贝儿可以给我一点补偿了！”

它顺着窗台跳了好一会儿。“安娜贝儿！”它又叫了起来，“这真是个好名字！我有一个姑妈也叫作安娜贝儿。她一直住在布姆海军上将的烟囱里，不过很可怜，因为吃绿苹果和葡萄死了。我提醒过她，我提醒过她的！可她不相信我的话！当然……”

“你就不能安静点儿吗？”玛丽阿姨生气地问着，用围裙赶它。

“当然不能！”它麻利地躲开了，继续叫着，“现在可不是安静的时候。我要去传递这个好消息。”

它一下子冲出了窗口。

“五分钟后回来！”它飞走时又转过脸来叫道。

玛丽阿姨在儿童室里轻轻地走着，叠好了安娜贝儿的新衣服。

阳光照进了窗口，爬过房间，来到了摇篮床那里，它轻轻地说着，“睁开你的眼睛吧！我要把光照进你的眼睛！”

摇篮里的毯子卷动了一下，安娜贝儿睁开了眼睛。

“好女孩！”阳光说，“它们都是蓝色的。是我最心爱的颜色！好！再也找不到比它更亮的眼睛了！”

接着它轻轻地离开了安娜贝儿的眼睛，滑下了摇篮。

“谢谢你！”安娜贝儿非常有礼貌地说道。

和煦的微风吹拂着她头上的轻纱荷叶边。

“你想要直发还是卷发？”风落到了摇篮里，停在了她身边，轻轻地问她。

“噢，那么请给我卷发吧！”安娜贝儿温柔地回答道。

“可以减少点麻烦，是吗？”微风表示赞同。它掠过她的头发，小心地把她的头发卷了起来，接着穿过房间出去了。

“我们来了！我们来了！”

窗口传来了很尖的刺耳的叫声，鹳鸟回到了窗台上。它后面还跟来了一只很小很小的鹳鸟，落下来时甚至还站不稳，摇摇晃晃的。

玛丽阿姨用吓唬它们的样子走了过去。

“你们现在马上走开！”她气愤地说，“我不要鹳鸟在这儿，把儿童室弄得乱七八糟的……”

可是鹳鸟带着小鹳鸟高傲地从她身边擦过。

“玛丽·波平斯，请你记住。”它冷冷地说道，“我一家老小可都是有教养的。什么叫把儿童室弄得乱七八糟！”

它灵活地落到了摇篮边上，然后让小鹳鸟稳稳当当地停在了身边。

小鹳鸟睁着疑惑的圆眼睛看着她，鹳鸟一路跳到了她枕头边上。

“亲爱的，安娜贝儿，”它用她的嘶哑的声音说了起来，“我非常喜爱咬下去后嘎嚓嘎嚓响的甜脆葛粉饼干。”它很馋地眨了眨眼睛，“我想你应该有一块吧？”

安娜贝儿卷发的头在枕头上乱摇乱动。

“没有？对，到你吃饼干的时候也许还早。不过你姐姐巴巴拉真是个好女孩，她一直很大方很讨人喜欢的，老记得我。因此你以后能省点碎屑给老朋友吗？……”

“当然能啊，”安娜贝儿在毯子卷里说。

“好女孩！”鹳鸟声音沙哑地称赞她道，歪着头用圆溜溜的发亮的眼睛看着她，“我希望你旅行了一番还不会觉得太累，”它彬彬有礼地说道。

安娜贝儿摇了摇头。

“她是从什么地方来的——也是蛋壳里孵出来的?”小鹳鸟突然问。

“哈哈!”玛丽阿姨嘲笑它说,“你以为她也是鹳鸟吗?”

鹳鸟用受屈辱的和高傲的目光看了她一眼。

“那她到底是什么呢?她是从什么地方来的?”小鹳鸟尖声地问着,低头盯住摇篮边,拍着翅膀。

“你来告诉它吧,安娜贝儿!”鹳鸟声音沙哑地问道。

安娜贝儿动了动毯子卷里包着的手。

“我是泥土、火、空气和水,”她轻轻地说道,“我来自于万物起源的黑暗。”

“啊,那么黑!”鹳鸟把头垂到了胸前,轻轻地说道。

“蛋里面也是黑黑的,”小鹳鸟叽叽咕咕地说。

“我来自大海和潮水,”安娜贝儿继续说了下去,“我来自天空和星星,我还来自太阳和它的光热……”

“啊,那么亮!”鹳鸟点了点头说道。

“我来自地球上的森林。”

玛丽阿姨像在梦中一样地轻轻摇着摇篮——一来一去,一来一去,均匀地不断地摇着。

“是吗?”小鸟悄悄地问道。

“我一开始动得很慢很慢,”安娜贝儿说,“还老是睡觉做梦。我回忆着我以前的样子,想像着我未来的样子。我做完梦醒来的时候,就轻快地来了。”

她停顿了一下,蓝色的眼睛充满了回忆。

“那后来呢?”小鹳鸟好奇地问她。

“我来的时候听见了星星在歌唱,感觉到我身上的温暖。我经过树林,穿过了黑暗和深水。路程非常长了。”

安娜贝儿不说话了。

小鹳鸟瞪着充满疑惑的闪亮的眼睛一动不动地看着她。

玛丽阿姨的手静静地抓住了摇篮的边。她停止了摇动。

“路程可真长啊!”鹳鸟抬起头说,“啊,不过很快你就要忘记了!”

安娜贝儿在毯子卷里动起来。

“不，”她自信地说，“我永远也不会忘记的！”

“真是胡说八道！你当然会忘记的！只要一个礼拜，你就会全忘了——你是什么，从什么地方来的！”

安娜贝儿的脚在那条法兰绒的裙子里拼命地踢着。

“我会记住的，我一定会记住的！我怎么可能忘记呢？”

“因为他们全都忘记了！”鹳鸟声音沙哑地嘲笑她说，“所有愚蠢的人都会这样，只除了……”它向着玛丽阿姨那边点了点头，“只除了她！她是个怪人，她跟别人不一样，她是个不识时务的人……”

“你这个臭鹳鸟！”玛丽阿姨大叫着向它冲了过去。

可它哈哈大笑着把小鹳鸟从摇篮旁边赶开了，跟它一起飞到了窗台上。

“到底还是及时逃开了！”它在掠过玛丽阿姨时厚脸皮地说道，“喂，发生什么事？”

外面楼梯口有很多人的声音传来，正噔噔噔响着上楼来。

“我不会相信你的话！我一点儿也不相信你的话！”安娜贝儿狂叫道。

就在这个时候简、迈克尔和双胞胎冲进了房间。

“布里尔太太说你有好东西要给我们看！”简甩下帽子激动地说。

“到底是什么呀？”迈克尔在房间内四处张望着问道。

双胞胎大叫，“给我看！也要给我看！”

玛丽阿姨看着他们，“这里到底是安静的儿童室，还是动物园？”她生气地问，“你们说说看！”

“哦，是动物……我是想说……”迈克尔赶紧改口，因为他看见了玛丽阿姨生气的眼睛，“我说的是儿童室。”他胆怯地说道。

“噢，瞧，迈克尔，你快来看！”简兴奋地叫了起来，“我就告诉过你发生大事情了！是个小娃娃！噢，玛丽阿姨，可以让我抱她吗？”

玛丽阿姨凶狠狠地看了看大家，弯腰把安娜贝儿从摇篮里抱了出来，跟她一起坐在了旧沙发上。

“轻一点，请轻一点！”几个孩子围拢了过来，她提醒他们说，“这是个小娃娃，可不是艘大军舰！”

“是男孩吗？”迈克尔好奇地问。

“不，她是个女孩——叫安娜贝儿。”

迈克尔和安娜贝儿互看了一眼。他把一个手指轻轻地放在了她的手上，她紧紧地一把把它捏住了。

约翰边说着，“我的洋娃娃!”边趴在了玛丽阿姨的膝盖上。

“我的小兔子!”巴巴拉边说着边拉了拉安娜贝儿的头巾。

“噢!”简喘着气，摸着她被风吹卷了的头发，“多么小多么甜啊，就像一颗星星。你从什么地方来的，安娜贝儿?”

安娜贝儿听见有人问这个问题，很高兴，于是开口把她的故事又重新讲一遍。

“我来自黑暗……”她轻轻地背了起来。

简听了哈哈大笑，“多么滑稽有趣的小声音!”她叫道，“我真希望她能开心讲话，告诉我们，她从什么地方来的。”

安娜贝儿瞪圆眼睛疑惑地看着她。

“我是在告诉你们呀，”她踢着脚大声抗议。

“哈哈!”鹳鸟在窗台上粗声大笑，“你看我说什么来着？请你原谅我的笑!”

小鹳鸟也用翅膀捂住嘴咯咯地笑着。

“可能她是从玩具店里来的。”迈克尔猜测说。

安娜贝儿狠狠地甩开了他的手指头。

“可别再说傻话!”简说，“是辛普森大夫用褐色的小手提包把她带来的!”

“你看我是说对了还是没说对?”鹳鸟黑黑的眼睛向着安娜贝儿嘲讽似的闪着光。

它得意洋洋地拍着翅膀挖苦说：“你说是吧!”

安娜贝儿没理它，只是向玛丽阿姨的围裙转过头来哭。她的哭声又孤单又尖细，响遍了整个屋子。

“算了，还是算了!”鹳鸟声音嘶哑地说，“别激动！这是没用的。你说到底不过是个小孩。也许下一回你就会相信比你懂的多的人了！比你年纪大比你懂的多的人！比你年纪大比你懂的多的人!”它得意地嚷嚷着，并上蹿下跳。

“迈克尔，请把我的鸡毛掸子拿来，把窗台上那两只讨厌的鸟赶走!”玛丽阿姨毫不客气地说。

鹳鸟发出得意地咕咕叫声。

“玛丽阿姨，我们自己会离开的，谢谢！我们这就离开了！来吧，孩子!”

它大声地咯咯笑着，拍了拍小鹳鸟，让它从窗台上飞了起来，接着带着它飞出了窗外去了……

在很短的一段时间里，安娜贝儿在樱桃树胡同十七号舒舒服服地生活了下来。她很高兴能成为全家的中心，很高兴听见人们在她的摇篮边上弯下腰来夸奖她漂亮，夸奖她乖，夸奖她脾气好。

“赞扬夸奖吧!”她笑着说，“我最喜欢赞扬和夸奖了!”

于是大家急忙说她的头发多么卷曲，她的眼睛多么蓝，多么明亮，安娜贝儿笑得那么开心，他们不由得大叫道：“她多么懂事啊！你一定会认为她真的听懂了呢!”

可她一听见这句话就有点儿不高兴了，厌恶地转过身去嘲笑他们的傻。可她这样做其实是很笨的，因为她一不高兴，反而更加逗人，于是他们更傻了。

鹳鸟再一次回来时，她已经出生一个星期了。它到了这里，玛丽阿姨正在淡淡的灯光中轻轻地摇晃着摇篮。

“你又回来了?”玛丽阿姨看着它跳进了房间，生气地说，“你就跟假钱币一样坏!”她非常讨厌它，狠狠地吸了吸鼻子。

“我一直都太忙了!”鹳鸟说，“得把我所有的事情都安排好。你知道的，需要我照顾的儿童室可不止这一个!”它的黑眼珠狡猾地眨了眨。

“哼!”她说了一句，“我真替别的儿童室感到悲哀!”

它咯咯地笑着摇了摇头。

“没有人能像她!”它高兴地对着窗帘说，“没有人能像她！不管什么事情她都能回答你!”它向摇篮那边歪着头说，“怎么样了？安娜贝儿睡了吗?”

“睡没睡都跟你无关!”玛丽阿姨生气地说。

鹳鸟没理她，它跳到了窗台上。

“我来看着。”它悄悄地说，“你可以下去喝杯茶了!”

玛丽阿姨站了起来。

“那你可要留点神千万别吵醒了她!”

“我最少带大过二十窝小鸟，我的好小姐。这么个小女孩，用不着别人来告诉我该怎么看她。”

“嗯!”玛丽阿姨走到了柜子旁边，拿出一罐饼干夹在胳肢窝里，才走了出去关上了房门。

鹳鸟把翅膀藏在了尾巴下面，在窗户上不停地走来走去。

摇篮晃动了一下。安娜贝儿睁开了她的眼睛。

“喂!”她说，“我真的很想见你。”

“哈!”鹳鸟笑着，飞到她身边。

“我想把以前的一些事情回忆起来，”安娜贝儿皱着眉头说道，“我觉得你应该能提醒我。”

鹳鸟惊呆了，它的黑眼睛闪烁着。

“怎么个提醒法呢?”它轻轻地问，“是这样提醒吗?”

它开始用它沙哑的声音轻轻地说道：“我是地、气、火和水……”

“不对一点儿也不对!”安娜贝儿不耐烦地打断说，“当然不是这个。”

“那么，”鹳鸟焦急地说，“是要讲你来的旅程吗?你来自大海和潮水，你来自天空和它的星星……”

“噢，你别再说傻话了!”安娜贝儿大叫道，“我的旅程只不过是今天早晨去了趟公园又回来了。不对一点儿也不对，这是一件重要的事，它是由B音开头的。”

她突然哇哇地叫道。

“我终于想起来了!是饼干。”她叫道，“壁炉架上的半块葛粉饼干，是迈克尔吃完茶点以后留下来的!”

“就只有这么点儿事?”鹳鸟发愁地问道。

“当然就只有这么多。”安娜贝儿不耐烦地说，“这还不够吗?我还以为有块好吃的葛粉饼干你会很高兴呢!”

“当然，这是当然了!”鹳鸟赶紧说道，“但是……”

她从枕头上转过了脸去，闭上了眼睛。

“现在请不要再说话了！”她说，“我要休息了。”

鹳鸟回头望了望那边的壁炉架，又低头看了看安娜贝儿。

“饼干！”它摇了摇头说，“唉，安娜贝儿，我的天哪！”

玛丽阿姨轻轻地走进来，关上了房门。

“她醒过了没有？”她悄悄地问道。

鹳鸟点了点头。

“只醒了一小会儿，”它伤心地说，“可那也够长了。”

玛丽阿姨用疑惑的眼睛看着它。

“她忘记了，”它粗哑的声音里有点蹊跷，“她完完全全忘了。我就知道她会忘记的。唉，不过，亲爱的，这多可怜啊！”

“嗯！”

玛丽阿姨轻轻地在儿童室走来走去，把玩具都给放好了。她望着鹳鸟。它背对着她站在窗户上，带斑点的肩膀在微微抽搐着。

“又感冒了吗？”她讽刺它说道。

它旋转着。

“肯定不是！这是……呃……夜里很冷，弄得我都流出了眼泪。好，我现在得走了！”

它站在窗户边上晃晃悠悠地走着。“我老了，”它用它沙哑的声音伤心地说着，“就是这么一回事！我们已经不像以前那么年轻了。你觉得呢，玛丽·波平斯？”

“我不知道你怎么样……”玛丽阿姨高傲地挺直腰杆，“我可是还像以前那么年轻，真对不起！”

“啊，”鹳鸟摇了摇头说道，“你真是个奇迹。一个毫无疑问的、十全十美的奇迹！”它的圆眼睛狡猾地眨了眨。

“不过我可从不那么想！”它飞出了窗口，毫不客气地叫了起来。

“一只无礼的臭鹳鸟！”她在它后面生气地叫了一句，砰的一声关上了窗户……”

第六章 罗伯逊·艾的故事

“请一起都跟着过来吧!”玛丽阿姨推着摇篮车在公园里向着她喜欢的座位走了过去，车的一头放着双胞胎，另一头放着安娜贝儿。

那是一张绿色的椅子，就在湖边上。她选中了它，是因为她在那儿随时都能看到水面上映出的自己的影子。她的脸在睡莲之间闪现着，看了之后总让她有一种满足的快感。

迈克尔跟在后面一步一步地拖着脚走着。

“咱们老得跟着玛丽阿姨，”他低声对简抱怨道，小心翼翼地不让玛丽阿姨听见，“总是不能到别的地方去玩。”

玛丽阿姨突然回过头来盯着他。

“请把你的帽子给戴好!”

迈克尔把帽子往眼睛上拉了拉，帽箍上还印着“英国皇家军舰军号兵”几个大字，他认为这顶帽子对他来说最合适不过了。

可玛丽阿姨不屑地看着他们两个。

“哼!”她说，“你们两个看着就像幅画，你们就像一对蜗牛似地慢悠悠地爬着，鞋子上连鞋油都没有擦。”

“今天罗伯逊·艾放假了，”简说，“我觉得可能是他走之前来不及擦了。”

“唉！吊儿郎当的，可真懒惰，不干任何好事，他就是这么一个人。老这样，估计以后也改不了!”玛丽阿姨推着摇篮车向她喜欢的那张绿色的椅子走了过去。

她把双胞胎抱了出来，用围巾把安娜贝儿裹得紧紧的。她看着湖面上映出来的自己美丽的影子，满意地笑了，接着理了理脖子上的新缎带结。然后她从摇篮车里拿出了毛线袋。

“你是怎么知道罗伯逊·艾的?”简问,“是不是在你到这儿来之前就已经认识他了?”

“不问问题就永远听不到谎话。”玛丽阿姨开始动手给约翰打毛线背心,严肃地说道。

“她从来都是什么也不肯告诉我们!”迈克尔嘟嘟囔囔地说。

“我也觉得是!”简叹了口气说。

不过他们很快就忘掉了罗伯逊·艾的事,开始玩起了班克斯先生两夫妇和两个孩子的游戏。然后他们又扮成印第安男人,让约翰和巴巴拉扮成印第安女人。再后来他们又玩起了走绳索,把椅子背当成了绳索。

“请你们注意我的帽子!”玛丽阿姨提醒他们说。这顶帽子是褐色的,缎带上还插着一根鸽子毛。

迈克尔小心地顺着椅子背一步一步地走着,走到头时就摘下帽子挥了挥它。

他大叫道,“简,我就是城堡里的国王,而你是……”

“别出声,迈克尔!”简打断了他的话,指着湖对岸说,“快看那边!”

顺着湖边的小路走来了一个非常瘦长的人,他的衣着很奇怪,他脚上穿着一双红黄条纹的长袜子,而身上穿着一件红黄条纹的紧身上衣,头上还戴着一顶尖顶的红黄条纹的宽边高帽。

简和迈克尔好奇地看着他走了过来,脚步慢悠悠的,双手插在了口袋里,帽子甚至拉到了眼睛上。

他大声地吹着口哨,等到走近了,他们看到了他紧身上衣的衣角和帽子的边上都挂着一个个的小铃铛,走起路来就像在奏乐似的叮叮当当地响着。他们从来没有见过这么奇怪的人,可又觉得他有点眼熟。

“我觉得我一定见过他。”简皱着眉头,拼命地回想。

“我也是的。可我记不起来是在什么地方了。”迈克尔在椅子背上端正了身体,看着他。

那古怪的人吹着口哨,全身上下叮叮当当地响着,没精打采地来到了玛丽阿姨身边,并倚靠在摇篮车上。

“你好,玛丽!”他边说着边懒洋洋地用一个手指头碰了碰帽子边,“现在过得好吗?”

玛丽阿姨把头从毛线上抬起来看看他。

她回答了一句，“承问。”接着很响地吸了吸鼻子。

简和迈克尔一点儿也看不见那人的脸，因为他的帽边拉得很低很低，可是只用听那些叮叮当当声就可以知道他在笑。

“我看你还是那么忙！”他瞧着她打的毛线讽刺地说，“你一直都是那么忙，在王宫里也是这样，不是在给王座掸灰尘就是在给国王铺床，再不然就是忙着擦亮王冠上的宝石。我从没看见过有人这么干活的！”

“总比你干的要多些。”玛丽阿姨生气地说。

“啊，那你可就错了！”陌生人笑着说，“我一直都在忙着。不过只是闲着不做事就花费了我很多的时间！说实在的，应该是花了我全部时间！”

玛丽阿姨气愤地噘着嘴，没有回答他。

陌生人高兴地哈哈大笑，“好，现在我得走了，再见！”他说。

他用一个手指头碰了碰帽子上的那排铃铛，懒散地闲逛着走了，一路上吹着口哨。

简和迈克尔死死地盯着他看，直到他消失了为止。

“坏蛋！”

他们后面忽然响起了玛丽阿姨生气的声音。他们转过头来，看见玛丽阿姨也在看着陌生人走开。

“他到底是谁呀，玛丽阿姨？”迈克尔在椅子上起劲地蹦着跳着问。

“我刚才是怎么跟你说的？”她厉声地说，“你说你是城堡里的国王，可你根本就不是！他可是个大坏蛋。”

“你说的是催眠曲里唱的那个吗？”简屏着气问道。

“可催眠曲唱的不是真的，对吗？”迈克尔不同意，“如果催眠曲里唱的是真的，那城堡的国王又是谁呢？”

“嘘！”简把一只手放在了他的胳臂上。

这个时候玛丽阿姨已经放下了手里打的毛线，眼睛直直地看着湖对岸的远处。

简和迈克尔呆呆地坐着一动也不动，他们希望这样乖乖地一声不响，玛丽阿姨会告诉他们整个故事。双胞胎在摇篮车的一头挤在一起，一本正经地瞪大了眼睛盯着玛丽阿姨。而安娜贝儿正在另一头呼呼大睡。

“城堡的国王。”玛丽阿姨把手交叉着叠在毛线球上，从孩子们的头上望了过去，就像他们根本不存在一样，然后就开始说了：“城堡的国王居住在非常远非常远的一个国家里，这个国家远得从没有人听说过它。不论你想的多么远，它都会比你想的还要远；不论你想的多么高，它都比你想的还要高；不论你想的多么深，它比你想的还要深的多。

“如果要我告诉你们他有多么的富有，咱们在这儿一直坐到明年，我也只能讲出的他财富的一半。他无比富有，无论什么东西都应有尽有。但世界上有一样东西是他没有的。”

“那样东西就是智慧。”

玛丽阿姨就这样开始讲了起来……

他的国土上满是金矿，他的老百姓都彬彬有礼，他的国家兴旺发达，非常了不起。他有一个很贤淑的王后娘娘和四个胖孩子……也可能是五个。他永远都记不清到底有几个，因为他的记忆力实在是太差了。

他的城堡是用银子和花岗石建造的，他的国库里装满了黄金，他王冠上的钻石颗颗都跟鸭蛋一样大。

他有许多漂亮的城市和先进的航海船只。他还有一个大法官来帮助他，法官非常懂事理，给他出了很多好主意。

但是国王缺少智慧。他只是个彻头彻尾的大傻瓜，而且他自己也知道这件事！说实在的，他没有办法不知道，因为所有的人，从王后、大法官甚至到平民百姓，无时不刻在提醒他这件事。甚至连火车司机、公共汽车司机、店员都禁不住告诉国王，他们知道国王是缺少智慧的。他们倒不是不喜欢他，只是有点儿看不起他。

国王虽然愚蠢，但这不能怪他。他从小到大一直都想学习智慧。可是从上课开始到上到一半，一直到长大了还这样，他会一下子号啕大哭，用貂皮大衣擦着眼睛叫道：“我明白我永远也学不进去，永远也学不进去！为什么还非得要我学呢？”

可那些老师还是在继续地努力。整个世界的教授都想设法教会城堡国王智慧，哪怕只是教会一丁点儿也可以，例如二乘二或者是 M—A—O 拼作猫。可是一直以来没有任何一个人取得一丁点儿的效果。

后来王后想出了一个办法。

“如果哪一位教授能教会国王哪怕一点儿的智慧，我们就奖赐他！”她对大法官说，“但要是一个月还一点儿都没教会，我们就砍下他的头然后钉在城门上示众，让其他教授懂得不成功会产生什么样的下场。”

因为教授们都非常穷，而这笔奖赐又很丰厚，所以他们不断地来试，结果是失去了希望，同时也失去了脑袋。城门上钉的人头越来越多。

情况越来越糟糕，最后王后只好对国王说：“埃塞尔伯特（这是国王的私名），我真的认为，你最好是把国家交给我和大法官来治理，我们两个懂的比你多！”

“那可不公平！”国王反抗说，“王国说到底还是我的！”

不过最终他还是屈服了，因为他知道王后远比他聪明得多。但他非常不甘心在自己的城堡里还要听人摆布，而且只是用那根弯的权杖（因为他老是嚼那根好权杖的圆头），于是他继续请教授们来教他智慧，可最终还是因学不会而号啕大哭。他哭一方面为他们，另一方面也为自己，因为看见他们的头被钉到城门上他觉得很不是滋味。

每个新教授刚来时都充满了希望和把握，问着他之前那些教授从没问过的问题。

“请问陛下，六加七得多少？”从很远的地方来的一位年少英俊的教授问他。

国王思考了好半天，然后探出身子回答道：“那还用说，当然是十二啊！”

“嗨嗨嗨！”站在宝座后面的大法官生气地说。

教授哼哼着说：“陛下，六加七是十三啊！”

“噢，对不起！教授，那么请再出个题目吧！下一个题目我一定能做对。”

“那么五加八得多少呢？”

“这个……让我好好想想！千万别提醒我，话都到了嘴唇边。对！五加八得十一！”

“嗨嗨嗨！”大法官生气地说。

“是十三！”年轻教授绝望地叫了出来。

“可是我亲爱的教授，你刚才才说六加七是十三的，那么五加八怎么可能又是十三呢？世界上总不能有两个十三吧？”

年轻教授只好沮丧地摇摇头，松开衣领，垂头丧气地跟着刽子手走了。

“这么说世界上的十三不止一个？”国王激动地问道。

大法官不耐烦地转身走了。

“这真对不起。”国王自言自语地说，“我非常喜欢他的模样。要把这个脑袋钉在城门上，真是太可惜了。”

自此以后他开始拼命做算术，希望下一位教授来的时候他能答对。

他一屁股坐在城堡台阶顶上——就在吊桥旁边，膝盖上搁着一本乘法表，并一个劲儿地念。他看书时念得都对，可闭上眼睛一背就出错。

“七一得七，七二二十一，七三四十五……”有一天他开始背，可一发现错了就气得一把把书扔开，把头深深地埋在斗篷里面。

“没用的，一点儿用都没有！我永远也得不到智慧！”他绝望地大哭起来。

可他总不能哭一辈子，他擦了擦眼泪，靠在他的黄金椅子上。正在这时候他吓了一大跳，因为有一个陌生人推开了门口的卫兵，走入了城堡。

“喂，你是谁？”国王问，因为他永远记不得别人的脸。

“我倒想要请问一下你是谁？”陌生人回答道。

“我是城堡的国王，”国王说着弯腰捡起了权杖，想要显得威风一些。

“那我就是坏蛋。”那人回答他。

国王吃惊地睁大眼睛。

“不过你说得是真话吗？这可太有意思了！我非常高兴见到你。你知道七乘七得多少吗？”

“不知道。为什么我要知道这些？”

国王听了高兴得大叫，并跑下台阶来拥抱那陌生人。

“我终于，终于找到一个朋友了！”国王兴奋地叫着说，“你就跟我住一起吧！我的东西就是你的东西！我们永远也不分开！”

“不过埃塞尔伯特，”王后抗议说，“他只是一个平民。他不能留在城堡里。”

“陛下，”大法官一板一眼地说，“这不允许。”

这是国王第一次反抗他的话。

“完全可以！”他严肃地说，“这儿到底谁是国王——是你还是我？”

“当然是你，陛下，但是……”

“那就行了，给这个人戴上铃铛帽子吧，他可以做我的傻瓜！”

“傻瓜！我们的傻瓜难道还不够吗？”王后拧着手大叫起来，“居然还要傻瓜？”

国王没有回答。他激动地搂住陌生人的脖子，两个蹦蹦跳跳到了城堡门口。

“你先走！”国王客气地说道。

“不，你先走！”陌生人也客气地说。

“那就一起吧！”国王大方地说道，两人肩并肩走进了门。

从这天开始起国王不想上课了。他把所有的书全堆在院子里烧掉了，他和他的新朋友还绕着火堆边跳边唱：

“我是城堡里的国王，
你就是个大坏蛋！”

“你就只会唱这首歌吗？”有一天傻瓜问道。

“对，真对不起，我的确只会唱这支歌！”国王难过地说，“那你还会唱别的歌吗？”

“噢，当然了！”傻瓜说完，就很甜地唱了起来。

“一闪一闪，蜜蜂飞来飞去忙，扔下了点蜜糖，让我们吃晚饭时能尝一尝！”

又唱道：

“荡啊荡，在雪地上面荡秋千，龙虾走得七倒八歪，只把贝壳捡。明白吗？”

又唱道：

“男生，女生，大家出来玩，翻过了一座一座山，走得远又远，羊在草原上，牛在牛栏里，还要有娃娃，有摇篮，有所有的东西！”

“真好听！”国王高兴地拍手大叫，“现在你听我唱！我也想出了一支歌！是这样唱的：

“所有的狗，得打！它们都讨厌青蛙，得打！

“唔，还不错！”傻瓜说。

“等一等！我又想出了一支歌！”国王说，“我觉得这一支更好听。你仔细地听着！”

他唱了起来：

“给我采朵花吧，给我摘颗星吧，把它们放在牛油里面熬，放在蜜糖、焦油里面蒸。味道好极了！”

“好听得呱呱叫！”傻瓜大叫道，“这首歌咱们一起来唱吧！”

他和国王踮着脚跳着舞穿过城堡，唱着国王的两支歌，唱完一首又唱另一首，旋律非常特别。

等到他们唱累了，他们就在大走廊里倒成一团，睡着了。

“他真是越来越糟糕了！”王后忧心地对大法官说，“我们应该怎么办呢？”

“我刚得到消息，”大法官说，“国内最最聪明的人——所有教授的师父，明天就要到这儿来了。可能他能给我们帮个忙！”

第二天首席教授来了，拎着一个小黑皮包，傲慢地沿着小路来到了城堡。外面下着细蒙蒙的雨，但是文武官员都到了台阶顶上来迎接他。

“你猜他的智慧是放在那小皮包里吗？”国王悄悄地说。在宝座旁边抛着跖骨玩的傻瓜笑了笑，只顾玩没有理他。

“好，如果陛下高兴，”首席教授一本正经地说，“我们就先从算术开始吧。这个问题陛下能够回答出来吗？在二月的中旬，两个大人和一个孩子一起推着一辆车子经过苜蓿地，他们一共有多少条腿？”

国王看了他好长时间，用权杖擦着脸颊。

傻瓜抛起一块跖骨，接着又用手背接住了它。

“多点少点又有什么关系吗？”国王高兴地微笑着回答道。

首席教授大吃了一惊，吃惊地看着。

“说实在话，”他镇静地说，“并没有多大关系。那么现在我来问陛下另一个问题吧，请问大海有多深？”

“深得能够让一艘船在上面行驶。”国王回答道。

首席教授又瞪大眼睛看着他，长胡子直抖动，不过他还在笑着。

“陛下，一颗星星跟一块石头，一只鸟和一个人有什么区别？”

“教授，根本没任何区别。石头是不能发光的星星，而人是没有翅膀的鸟。”

首席教授靠近了一点，吃惊地看着国王。

“那么世界上什么事情是最好的？”他静静地问道。

“什么事也不用干就最好，”国王挥动着弯权杖回答道。

“噢，我的天哪，噢，我的天哪！”王后大叫道，“真是太可怕了！”

“嗨嗨嗨！”大法官生气地说。

于是首席教授跑上台阶，站在了国王宝座的旁边。

“这些事情到底是谁教给你的，陛下？”他问。

国王用权杖指了指正在把跖骨抛起来玩的傻瓜。

“他是我教。”国王语法不通地说。

首席教授抬起了头，傻瓜仰着头看着他笑了笑。他抛起一块跖骨，教授大师向前弯腰，一把把跖骨从他的手背上抢了过来。

“啥！我认识你！”他大叫道，“一看这帽子和铃铛我就知道了，你这个大坏蛋！”

傻瓜大笑，“哈哈！”

“他还教过你什么，陛下？”首席教授又向着国王转过脸来。

“唱歌。”国王兴奋地回答道。

他站起来就唱：

“一只黑白夹杂的母牛，在一棵树上坐着，如果我是它，我就不是我了！”

“一点也没错，那还有什么？”首席教授说。

于是国王用颤抖着的快活声音又唱道：

“地球转圈圈，一点也不歪，好让大海水，不会洒出来。”

“就是这样的，还有什么？”首席教授说。

“噢，我的天哪，还有！”国王大为高兴，“还有这一首：

‘我可以学习，学得样样都精通，可这样一来，就没时间想事情！’

教授，可能你会喜欢这一首的：

‘去环球旅行，我们不乐意，因为到最后，还是回家里！’”

首席教授高兴地拍手称赞着。

“如果你想听的话，”国王说，“应该还有一首。”

“那么请唱吧，陛下！”

国王歪着头看着傻瓜，狡猾地笑了笑，又唱了起来：

“首席大教授，人数一大把，趁还没长大，统统淹死吧！”

首席教授听完后哈哈大笑了起来，在国王前面跪了下来。

“噢，陛下，祝你万寿无疆！”他说，“看来根本就用不着我来教你！”

他一句话不说，跑下了台阶，脱掉大衣、上衣和背心，一下子扑倒在了草地上，要了一盆奶油草莓和一大杯啤酒。

“嗨嗨嗨!”大法官惊呆了，因为这个时候所有的官员都像教授一样冲下台阶，脱下外衣，也在被雨淋湿的草地上打着滚。

“草莓和啤酒！草莓和啤酒!”他们口渴地大叫。

“给他奖赐!”首席教授用麦管喝着啤酒，向着傻瓜那边点着头说。

“呸！我不要。”傻瓜说，“我要奖赐干什么?”

他一把爬起来，把他的跖骨放进了口袋，从小路上大踏步地走了。

“喂，你到什么地方去?”国王急着叫。

“爱到什么地方就到什么地方去!”傻瓜高傲地说，懒洋洋地一路走。

“等着我!”国王叫着，“你等着我!”他给衣服的长下摆绊了一下，急急忙忙地跑下台阶。

“埃塞尔伯特！你到底要干什么？你忘了你的身份了!”王后生气地大叫。

“亲爱的，我没有!”国王叫了回来，“相反，我第一次想起了我自己到底是谁!”

他匆匆忙忙地沿着小路走，追上傻瓜抱住他。

“埃塞尔伯特!”王后又叫道。

国王没理她。

雨停了，不过空气中还有大量的水气。这个时候天上出现了一道彩虹，一头落在了城堡的小路上。

“我觉得我们可以走这条路，”傻瓜指着彩虹说。

“什么？走彩虹？它足够结实吗？能承受得住我们的重量吗?”

“那就试一试吧!”

国王看了看彩虹上一道道耀眼的红色、橙色、黄色、绿色、青色、蓝色、紫色条纹，又看了看傻瓜。

“好，我赞成！来吧!”他说。接着他跨上了七彩路。

“它承受住了!”国王高兴地大叫道。他提起袍子的下摆，快步跑上了彩虹。

“我是城堡的国王!”他得意地兴奋地唱着。

“我是个大坏蛋！”傻瓜跟在他后面跑着叫着。

大法官倒抽冷气：“这是不可能的！”。

首席教授笑着又吃掉了一个草莓。

“事情都已经发生了，你怎么还能说不可能呢？”他问道。

“可这是不可能的！一定不可能！这违反了规矩！”大法官的脸被气得都发紫了。

王后大哭了起来。

“埃塞尔伯特，你快回来！”她哀求地说，“只要能回来，不管你多么傻我都不在乎了！”

国王扭头朝下看了看，又摇了摇头。傻瓜哈哈大笑了起来。他们一起沿着七彩路不断地往上走，越走越高。

这个时候，一样发亮的弯东西落到了王后的脚边，那是弯权杖。紧接着又落下了王冠。

她伸出两手苦苦哀求着。

可这次国王回答她的是一首歌，用颤抖的快活的高调门唱着：

> “再见了，亲爱的，别眼泪汪汪，亲爱的，你很聪明，我也很聪明，亲爱的！”

傻瓜不屑地甩了甩手，扔给了她一块跖骨。然后他轻轻地推着国王让他往前走。国王提着他的下摆小跑了起来，傻瓜在后面紧跟着。他们沿着闪闪发亮的七彩路越走越高，一直走到王后再也看不见他们了。

> “你很聪明，我也很聪明，亲爱的！”

国王歌声的回声飘了下来。但国王本人却不见了，但她还听得见很细长的尾音。

“嗨嗨嗨！”大法官沮丧地说，“这种事情根本不可能发生！”

王后在空宝座上坐了下来，呜呜地哭着。

她捂着脸轻轻地哭着：“呜呜呜！我的国王走了，我很孤单，再也回不到以前的日子了！”

这个时候国王和傻瓜已经爬到了彩虹的顶端。

国王坐了下来，用斗篷裹住身体说：“爬得真痛快呀！我想在这个地方坐一会儿，也许会坐很久很久。你走吧！”

“你难道不会觉得孤独吗？”傻瓜问他。

“噢，不会，亲爱的。我怎么会孤单呢？这里又安静又让人感到愉快。我可以一直想自己心事，又或者更好是睡一觉。”他边说着边用斗篷做枕头，在彩虹上伸直了身体躺了下来。

傻瓜弯下腰来亲了亲他。

“陛下，再见了，”他轻轻地说道，“你已经不再需要我了。”

他让国王安安静静地睡着，自己吹着口哨从彩虹的另一边慢悠悠地走了下去。

他又从那里开始周游世界了，就像他来见国王以前一样，唱着，吹着口哨，懒洋洋地只想着眼前的事。

他有的时候会去给别的国王和大人物做事，有的时候又生活在大街小巷的平凡人中间。他有的时候穿着华丽的仆人制服，但有时候穿得非常穷酸。但不管他到什么地方，他都能给身边的人带来幸运……

玛丽阿姨的故事讲完了。过了好一会儿，她的手还是放在膝盖上一动也不动，眼睛漠然地看着湖的对岸。

然后她叹了一口气，肩膀轻轻地晃了一下，站了起来。

“好了！讲完了，”她轻松地说了一句，“现在回家吧！”

她转过脸看见简正盯住她看。

“我希望下回你一看见我就能认出我！”她尖刻地说道，“还有你，迈克尔，立刻从椅子上下来！你是想摔断脖子，然后麻烦我去叫警察还是想怎么样？”

她把双胞胎放进了摇篮车，匆匆忙忙推着摇篮车向前走。

简和迈克尔在后面跟着。

“彩虹消失了以后，我想知道城堡的国王到什么地方去了。”迈克尔疑惑地说。

“依我来看，彩虹在什么地方出现，他也就在什么地方。”简说，“我倒是比较想知道那坏蛋后来到底怎么样了。”

玛丽阿姨推着摇篮车进了榆树大道，在路口拐弯的瞬间，迈克尔立马抓住了简的手。

“他在那个地方!”他指着榆树大道尽头的公园大门，兴奋地大叫道。

一个个子瘦长，穿着红黄条纹的古怪衣服的人，正慢悠悠地向着大门走。他停下来站了一会儿，吹着口哨，在樱桃树胡同看来看去。紧接着他穿过马路到了对面的人行横道上，懒洋洋地跃过了一道花园的围墙。

“那是我们家!”简一下子认出了平时没太注意的砖头，“他进了我们家的花园。快点跑，迈克尔。我们去追上他!”

他们从玛丽阿姨和摇篮车后面跑到前面去了。

“好了好了！不要再胡闹!”玛丽阿姨在迈克尔跑过的时候一把拽住他的手说。

“可我们想要去……”他不停地扭来扭去地想挣脱身子。

“我说过什么了?”她凶狠地看着他问道，吓得他不敢不乖乖听话。“请好好地走在我的身边。简，你来帮我推着车子!”

简不情愿地走在她的身边。

玛丽阿姨以前从不让别人推摇篮车的，于是简觉得她今天是故意不肯让他们跑到前面去的。因为玛丽阿姨平时走得非常快，快得跟都跟不上，可今天却顺着榆树大道走得像乌龟一样慢，过一会儿就停下来不停地东张西望，甚至在一桶干草的前面至少站了一分钟。

简和迈克尔觉得好像过了好几个钟头，这才终于来到了公园的大门口。她让他们走在她的旁边，一直来到了十七号院子的门口。这个时候他们才能离开她，飞快地穿过花园。

他们冲到了丁香花的后面。没有！他们在杜鹃花里找了一遍，在玻璃房子、工具间，甚至盛雨水的大桶里都找过了。他们连一卷水管里也看过了。但是无论在什么地方都没有看到傻瓜。

只有一个人在花园里，那就是罗伯逊·艾。他正躺在草地上呼呼地大睡，脸紧紧贴在了轧草机的刀上。

“我们让他给跑掉了!”迈克尔沮丧地说，“他一定是抄近道从后门离开了，以后我们再也见不到他了。”

他又回到轧草机那儿。

简正站在轧草机旁边，心疼地低头看着罗伯逊·艾。他用旧呢帽盖着他的脸，帽顶被压弯了。

“也不知道他这半天假过得好不好！”迈克尔低声说着，害怕吵醒他。

声音虽然很小，但罗伯逊·艾准还是听见了，因为他突然在睡梦中动了一下，调整姿势在轧草机上躺得更加舒服了些。他转动的时候传来了很轻的叮当声，好像在脚底下有一些小铃铛在轻轻地响着。

简心中一惊，抬头看了看迈克尔。

“你听见了没有？”她低声问。

他点了点头，仔细看着。

罗伯逊·艾又动了一下，在睡梦中嘀嘀咕咕说着什么。他们弯下腰来仔细听。

“一只黑白夹杂的母牛，”他含糊地咕噜道，“在一棵树上坐着……嗯嗯，嗯嗯，嗯……那就不是我呢！嗯……”

简和迈克尔吃惊地瞪着眼睛，在睡着的罗伯逊·艾的两旁对看了一眼。

“嗯！我不得不说这就是他了！”

玛丽阿姨让摇篮车滚上台阶，推进了门厅。前门嗒一声被轻轻地关上了。

罗伯逊·艾还在外面的花园里睡觉。

那天晚上简和迈克尔准备去跟爸爸说再见的时候，爸爸正在发脾气。他正打算穿衣服出去吃晚饭的时候，却怎么也找不到他最好的领扣了。

“哦，它在这里，我的天哪！”他突然叫了起来，“原来在一罐火炉炭粉里！就在我的五斗柜上。这一定是罗伯逊·艾干的。他真是个大坏蛋！”

他怎么也没弄明白，为什么在他说这句话的时候，简和迈克尔哈哈地笑个不停……

第七章　气球多又多

“玛丽阿姨，”有一天早晨班克斯太太匆匆忙忙地走进了儿童室，“不知道你有没有时间去给我买点儿东西？”

她对着玛丽阿姨嫣然一笑，神情有一点儿紧张，好像不确定玛丽阿姨会如何回答。

玛丽阿姨正在给安娜贝儿熨衣服，听见班克斯太太的话后就回过头来。

“我可能会去。”她没劲儿地说道。

“噢，”班克斯太太说，“那么……”样子变得更紧张了。

“也可能不去啊。”玛丽阿姨又说了一句，很急地抖了抖呢子上衣，把它挂在了炉架上。

“那么，如果你真的有空去，给你买东西的单子，还有一英镑的纸币。多余的钱你可以自己花。”

班克斯太太把钱和单子放在了五斗柜上。

玛丽阿姨没有说话，只是狠狠吸了吸鼻子。

“噢！”班克斯太太突然之间想起了什么，说：“对了，双胞胎今天只能走着去了，玛丽·波平斯。今天清晨罗伯逊·艾坐错了，误把摇篮车当扶手椅坐了，因此摇篮车得修修了。没有摇篮车能行吗，还带着安娜贝儿吗？”

玛丽阿姨把嘴张开，可吧嗒一声又闭上了。

“我吗，什么都能行。”她刻薄地说，“只要我高兴。”

“我……我知道了！”班克斯太太侧着身子慢慢地向房门口走，“你真是个宝……是个无价之宝，是了不起的呱呱叫的宝……”她匆匆地下了楼，声音也随之消失了。

“不过……不过有时候我真希望她不在这儿！”班克斯太太在客厅里掸灰尘的时候，对着她曾祖母的像说道，“她让我觉得自己又小又傻，好像我又变成了个小女孩。可我已经不是了！”班克斯太太昂起了头，轻轻地掸去了壁炉架上的花牛身上的灰尘，“我已经是个大人了，是五个孩子的妈妈了。但她把这件事情给忘了！”她一边掸着灰尘一边想着要跟玛丽阿姨说句话，可她明白自己怎么都不敢去说。

玛丽阿姨把单子和钞票放进了手提包里，用别针别好了帽子，抱着安娜贝儿，匆匆忙忙地出门了。双胞胎由简和迈克尔一人拉着一个，快步地跟在她的后面。

“请走快点儿！”她回过头来严肃地对他们说道。

于是他们就加快了脚步，拉着可怜的双胞胎，匆匆忙忙地在人行道上走着，忘记了约翰和巴巴拉的手都要被拉断了。他们只想快点跟上玛丽阿姨，看她余下来的钱作什么用。

“四磅米，两包蜡烛，六磅白糖，三磅青糖，两罐西红柿酱和一把灶头刷子，一副劳动用手套，半支封蜡，一袋面粉，两盒火柴，一只打火机，还有两颗花椰菜和一捆大黄！”

玛丽阿姨匆匆忙忙走进了从公园过去的第一家铺子，把单子上列的东西念了一遍。

杂货店的那个售货员又胖又秃，上气不接下气地尽最大努力记下了她要的东西。

“一袋劳动手套……”他本来想要舔写钝了的小铅笔尖，却紧张得错舔了另一头。

“我说的是一袋面粉！”玛丽阿姨刻薄地提醒他道。

那人羞愧的脸红得像桑葚一样。

“噢，请千万别见怪，对不起。今天天气很好，不是吗？对，是我弄错了。是一袋房子……不……是一袋面粉。”

他又赶紧写了下来，又加上：“还有两盒灶头刷子……”

“是两盒火柴！”玛丽阿姨严厉地说。

那人的手在本子上不停地发抖。

“对对对，肯定是铅笔有毛病……所有东西都写错了。我得换支新的了。当然是火柴！接下来你说的是……”他紧张地抬起头看了看，又低下头看看他的铅笔。

玛丽阿姨打开了单子，非常不耐烦，气呼呼地又念了一遍。

“真对不起，”她一念完了那人就说，“大黄已经卖完了。换成李子行吗?”

“那当然不行。换成一包木薯淀粉吧。”

“噢，玛丽阿姨，不要……不要买木薯淀粉。上个星期已经买过了。”迈克尔提醒她道。

她狠狠地瞪了他一眼，又瞪了铺子里那人一眼。一看见她的眼神，他们两个都明白只能依她的话办，就是换成木薯淀粉。那人的脸已经红得不能再红，并马上走开去拿东西。

“照她这么买下去，估计什么钱也没剩了。”简看着一大堆食品杂货渐渐在柜台上堆了起来，说道。

“也许她能剩下点钱来买一袋酸辣糖吧？不过也就这么点了。”玛丽阿姨从她的提包里掏出那一英镑钞票时，迈克尔嘀嘀咕咕地说着。

“谢谢。”那人找钱给她时，她说了一句。

“应该是我谢谢你！”那人双手撑着柜台，有礼貌地说道。他装出笑脸继续说了下去：“天气一直都很好，对吗?”他说得非常神气，就好像天气是他管的一样，又好像是特地为了她让天气好起来似的。

“我们要下雨了！”话刚说完，玛丽阿姨就已经吧嗒一声把嘴闭上了，同时也拉上了手提包。

“对对对，”那人特别害怕得罪她，赶快说道，“下雨一直是让人高兴的。”

“下雨一直不让人高兴！”玛丽阿姨顶撞他说，同时让安娜贝儿在手里躺得舒服点。

那人苦起了脸，好像无论他说什么都不对。

“我希望你能再次光临。”他客气地开门让玛丽阿姨出去了。

“再见！”玛丽阿姨快步走了出去。

那人大舒了一口气。

“来，”他边说着边赶紧在门边一个箱子里抓着东西，“把这些巧克力糖拿去。我没坏意的，真的。我不过是想表示谢意。”

简和迈克尔伸出了他们的手，那人在迈克尔手里放了三颗巧克力糖，而在简手里放了两颗巧克力糖。

“你们一人拿一颗，给两个小的一人一颗，还有一颗……”他朝玛丽阿姨的背影点了点头，“给她吧！”

他们谢过了那人，大口嚼着巧克力糖，赶紧跟上了玛丽阿姨。

“你们现在在吃什么东西？”她看着迈克尔黑色的嘴问道。

“巧克力糖。店里的售货员给了我们一人一颗，还有一颗是给你的。”他递给她最后一颗巧克力糖。糖都已经黏糊糊了。

“你们就像他一样鲁莽！”玛丽阿姨说，可一拿到巧克力糖时，两下就吃下去了，还吃得很高兴。

“还有剩下的钱吗？”迈克尔急着问道。

“剩下多少就是多少了。”

然后她走进药房，买了一块肥皂、一盒芥末硬膏和一管牙膏，接着走了出来。

跟双胞胎一起等在门口的简和迈克尔大叹了一口气。

他们知道，一英镑钞票已经要花光了。

“她连买一张邮票的钱都没有了，就算有，也买不了什么东西了。”简说。

“现在我们上蒂普先生的店里去！”玛丽阿姨快速地说了一句，一只手晃着在药房里买的那包东西，另一只手紧紧地抱住怀中的安娜贝儿。

“咱们到那个地方能买什么东西呢？”迈克尔失望地说道，因为玛丽阿姨钱包里已经没什么东西了。

“买煤……买两吨半煤。”她说着急匆匆地向前走。

“煤要多少钱一吨？”

“两英镑一吨。”

“但是……我们已经没那么多钱买煤了！玛丽阿姨。”迈克尔瞪大圆眼睛看着她，怀疑地说。

“可以记账啊。”

简和迈克尔听了这话就完全放下了心来，继续在她身边啪嗒啪嗒地走着，拉得约翰和巴巴拉只能跟在他们后面直跑。

“好了，现在买齐了吧？”从蒂普先生的煤店买好煤出来时，迈克尔问道。

“还要上糕饼店去！”玛丽阿姨又把她的单子看了一遍后，向一扇黑黑的门快步走了过去。他们在橱窗外边看见她在里面指着一堆通心粉。于是店员给了她一大包。

“她至少买了一打。”简愁眉苦脸地说道。平时他们最喜欢看见她买通心粉，可今天他们恨不得世界上没有通心粉这玩意儿。

“现在到什么地方去？”迈克尔问道，这只脚跳跳，那只脚跳跳，急切地想知道是不是还有钱剩下。他断定已经没钱了，可他还是……希望着。

玛丽阿姨说：“回家”。

他们一个个拉长了脸。最后还是没钱剩下了，一毛钱也没有了，否则玛丽阿姨肯定会花掉它的。玛丽阿姨把那袋杏仁饼干倒在了安娜贝儿的胸口，然后大踏步地向前走。一看见她的脸色，他们就没有勇气再问了。他们只觉得她让他们很失望，他们不能原谅她。

“不过……回家不走这条路啊。”迈克尔抱怨地说道，拖着脚，让鞋尖刮着地面。

“那我问你，公园不是在回家的路上吗？”她狠狠地转过脸来对他说。

“是这样啊，不过这条路……”

“到公园的路可不止那一条，”她边说着边带着他们绕到了公园的旁边，到了他们从来没见过的一边。

暖和的太阳照了下来。高大的树木垂到了栏杆上，树叶也刷刷地响。树枝上两只麻雀在激烈地抢一根干草。一只松鼠顺着石头围墙跳着，接着坐下来讨榛子吃。

可今天简和迈克尔对这些事一点儿兴趣也没有。他们只顾得上想，玛丽阿姨把钱都花在了没意义的东西上，没留下任何一点。

他们又累又失望，跟着她进了公园的一个大门。

大门是新的，他们从没见过。高大石拱门上还刻着一只狮子和一只独角兽，样子非常漂亮，拱门下面坐着一位非常非常老的老太太，脸就跟那些石头一样灰不溜丢，又跟核桃一样又干又瘪。她的瘦膝盖上搁着一个大盘子，上面堆着一些五彩的像小橡皮筋似的东西，她头顶上有一大束色彩非常鲜艳的气球，牢牢地被拴在了公园栏杆上，飘来飘去。

“气球！气球！”简兴奋地叫起来。她放下了约翰汗湿的手指头，向老太太跑了过去。迈克尔吧嗒吧嗒也跟着她跑了，让巴巴拉一个人留在了人行道上。

“亲爱的小宝贝！你们好啊，”卖气球老太太用沙哑的嗓子向他们问候，“你们想要哪一个气球？挑吧！好好地挑吧！”她向前探了探身，在他们面前摇了摇她那个盘子。

“我们只是来看看的，我们没有钱。”简说。

“啧啧啧！只看气球能有什么意思？你们得摸一摸它，拿住它，并且懂得它！来看看吧！不然这有什么意思呢？”

老太太嘶哑的声音就像火焰一样裂裂作响，她在椅子上晃来晃去。

简和迈克尔看了看她，他们一点儿办法也没有，他们知道她说的全都是实话，可他们又能有什么办法呢？

“我小时候人们是真正懂得气球的，”老太太又说道，“他们不只是来看看！他们都来买，来买吧！对了，进公园的孩子没有一个人不拿着一个气球的。那个时候没有人只是来看看然后就走了的，让卖气球的老太太独自悲伤难过。”

她仰起头看着上面那些晃来晃去的气球。

“亲爱的小鸽子！啊，”她大声地说，“现在他们不再懂得你们了，只有我这老太婆懂了，如今你们已经过时了，没人再肯要你们了！”

“我们确实想要，”迈克尔肯定地说，“可我们真的没钱。整整一英镑她都拿来买了……”

“你说的‘她’是谁？”突然之间背后传来了一句。

他一回头，脸刷地一下就红了。

“我说的是……呃……是你……呃……”他紧张地说了出来。

“说话请讲礼貌！”玛丽阿姨边说着，边把手从他肩头上面伸了过来，把一个两先令半的银币放在了卖气球的老太太的盘子里。

迈克尔瞪大圆眼睛看着银币，它在没有吹气的气球之间闪闪发亮。

“这么说我们还剩下点儿钱！”简说，只希望以前没把玛丽阿姨想得那么坏。

卖气球老太太的眼睛闪闪发光，捡起那银币看了好半天。

“上面亮光闪闪，国王戴着王冠！”她兴奋地叫道，“这种旧银币我还是小时候见过，之后就再没有看到过了。”她向玛丽阿姨歪着头问：“你想要气球吗，小姐？”

“是的！”玛丽阿姨异常客气地回答。

“亲爱的小宝贝，要几个，你们想要几个？”

“四个！”

简和迈克尔听后几乎跳了起来，转身紧紧抱住玛丽阿姨。

“噢，真的吗，玛丽阿姨？我们一人一个？真的吗，这是真的吗？”

“我说话向来算数。”她严肃地说道，样子非常骄傲。

他们向盘子跳了过去，开始动手翻彩色气球。

卖气球的老太太把银币放进了裙子的口袋里，“放好了，这闪闪发亮的银币！”她边说着边亲热地拍了拍口袋。然后她用兴奋得发抖的手开始帮孩子们挑选气球。

“你们好好挑，亲爱的小宝贝们！”她提醒他们道，“瞧，气球非常多，一人一个。好好挑吧，仔细挑吧。有很多孩子拿错了气球，以后一辈子都不对头了。”

“我想要这一个。”迈克尔挑了一个黄底红点的气球。

“好，让我来吹气，看你有没有拿对气球！”卖气球的老太太说道。

她从迈克尔手里拿过气球，用力一吹——呼！吹好了！你真不敢相信哪些瘦小的一个人居然会有这么长的一口气。红点的黄气球已经在线的一头飘动了。

“怎么样？”迈克尔看着它激动地说，“上面居然有我的名字！”

一点也不错，气球上的红点是字母，全部拼出来就是：“迈克尔·班克斯”。

“哈哈！”卖气球的老太太咯咯地笑，“我是怎么跟你说的？你仔细地挑，挑对了！”

“那也是不是有我的名字！”简递给了老太太一个蓝色的。

老太太又一口气吹大了气球，蓝色的气球上用白色写着：“简·卡罗琳·班克斯。”

“亲爱的宝贝，这是你的名字吗?”那个老太太问道。

简点了点头。

那个老太太很轻地咯咯地笑着，简从她手里拿过了气球，放到上面去了。

“我也想要！我也想要!”约翰和巴巴拉用自己的小胖手在气球当中翻找。约翰拿出一个粉红色的，老太太一把它吹大就微笑了起来。因为气球上清清楚楚地写着：“约翰和巴巴拉·班克斯合用一个，因为他们是一对双胞胎。”

“可我不懂，”简说，“你之前是怎么知道的？你可是从来都没见过我们啊。”

“啊，我不是已经跟你说过了吗，我亲爱的小宝贝，气球非常多，但每个都是特别的?”

“那么是你把我们的名字写在气球上面的吗?”迈克尔又问。

“我?”老太太咯咯笑，“当然不是我了!”

“不是你那又是谁呢?”

“先别问我这个了，亲爱的小宝贝！我只知道每个气球上面都有名字！全世界一人一个，但就是要挑对。”

“那么也可以给玛丽阿姨一个气球吗?”

卖气球的老太太歪着头，看了看玛丽阿姨，露出了奇特的微笑。

“让她试一试吧!”她坐在她的小凳子上晃来晃去，“挑吧，仔细挑吧！挑出来看看!”

玛丽阿姨认真地吸了吸鼻子，在一大堆气球里翻了好一阵，抓住了一个红的。她刚把它拿了起来，奇怪的事就发生了，它居然慢慢地自己鼓了起来。它越鼓越大，鼓到了有迈克尔的气球那么大。可它还在继续鼓着，一直鼓到比孩子们的气球大了两倍才停止，上面有几个金色大字：“玛丽·波平斯”。

红气球向空中飞着，老太太又接上了一根线，轻轻地咯咯地笑着把线交给了玛丽阿姨。

四个气球蹦蹦跳跳地往上飞，把线绷得很紧，好像想要挣脱他们的手似的。风把它们给吹过来又吹过去，吹到南吹到北，吹到东吹到西。

“亲爱的小宝贝！气球多又多，一人有一个，就是千万别挑错！”卖气球的老太太快乐地大声说道。

就在这个时候，一位戴礼帽的老先生拐弯来到了公园的大门口，看到了气球。孩子们看见他吓了一跳，赶紧跑到卖气球的老太太这儿来了。

“气球多少钱一个？”他边说着边叮叮当当地弄响口袋里的钱。

“七个半便士。挑吧，仔细挑吧！”

他拿起了一个棕色的，卖气球的老太太一下子给它吹足了气，于是气球上出现了绿色字母：“尊敬的威廉·韦塞里尔·威尔金斯”。

“我的天哪！天哪！”老先生吃惊地说，“这是我的名字！”

“你挑对了，我亲爱的顾客，气球多又多！”老太太说。

老先生吃惊地看着他的气球，气球拼命拉扯着线。

“真奇怪！”他边说着边像吹喇叭似地擤了擤鼻子，“四十年前，在我还是个小孩子的时候，我想在这儿买个气球。可大人们不肯让我买，说是买不起。于是我等了整整四十年。真是没有比这更奇怪的事了！”

他赶紧走开了，眼睛只顾看着气球，于是在拱门上把头碰了一下。孩子们看着他兴奋地蹦蹦跳跳，老先生一下子就飞到空中去了。

“瞧！”迈克尔看着老先生飞得越来越高，可正在这个时候，他手里的气球也开始紧紧地拉扯着线，他感觉到自己的双脚也离开了地。

“喂！多么有趣！我的气球也飞了起来！”

“亲爱的小宝贝！气球多又多。”卖气球的老太太说着咯咯地笑着，看着双胞胎两个人抓住了一根线，也随着气球飞了起来。

“我上去了！”简大声尖叫，“我也上去了！”简也被带上去了。

“请快点回家吧！”玛丽阿姨说。

红气球立马拉着玛丽阿姨也飞了起来。她忽上忽下的，手里抱着安娜贝儿和各种大包小包。红气球一直带着玛丽阿姨飞过了公园大门，飞过了小路，她的帽子非常端正，头发也很整齐，双脚就像在地面上走路一样在空中平稳地迈着。简、迈克尔和双胞胎被气球拉得忽上忽下，跟在她后面。

“噢噢噢！”简旋转着绕过榆树的树枝时兴奋地叫道，“多么有趣啊！”

“这让我觉得我是由空气做的！”迈克尔落在了公园的一张椅子上，又重新蹦了起来，“这样回家多有意思啊！”

“啊啊啊！噢噢噢！”双胞胎也一块儿蹦上蹦下地兴奋地叫着。

“别磨蹭了，请快点儿走！”玛丽阿姨回头凶狠狠地看着他们说道，就好像他们是在地面上安安静静地走着而不是呆在空中似的。

他们飞过了公园看守人的房子，来到了菩提树大道。老先生蹦蹦跳跳地飞在他们的前面。

迈克尔转过脸来看看后面。

“瞧，你瞧！简，每个人都有一个气球！”

她回过头发现，真的，远远的有一大群人，手里全都拉着气球，在空中一上一下地蹦着。

“卖冰淇淋的人也买了一个！”她看着说，这个时候已经经过了一个雕像。

“对，还有扫烟囱的！你瞧，甚至拉克小姐也来了，你看见了没有？”

一个非常熟悉的人蹦着跳着飞过了草地，戴着帽子手套，拿住一个气球，上面还写着：“露辛达·埃米莉·拉克”。她飞过了榆树大道，样子既高兴又庄重，然后在水池边那头不见了。

这个时候公园里全是空中飞人，人人都有个气球，而每个气球上都有个名字。

“快用力拉呀！马上让出个地方来给我海军上将！我的港口在什么地方？用力拉呀！”布姆海军上将和他的夫人掠过天空，传来了他航海家似的叫声。他们共同拉住了一个白色气球，上面也用蓝色字母写着他们的名字。

“拉走，桅杆和后桅！蚌蛤和龙虾！我的伙计！”布姆海军上将激动地叫着，小心翼翼地避开了一棵大橡树。

“我应该怎么办呢？”她垂头丧气地叫道，“公园门口那老太太说：‘挑吧，仔细挑吧，亲爱的小宝贝！’我就挑了，可我还是挑错了。我根本不是首相！”

“我是首相，对不起！”她旁边一个穿得整整齐齐，拿着雨伞的高个子边说着边走了过来。

那女士转过脸去，“噢，这么说来，这气球应该是你的了！也请让我看一看你是不是也拿着我的气球！”

首相拿着的气球也不能让他飞起来，他让她看了看。气球上面写着：“穆丽尔·布赖顿·琼斯女士。”

“对，你拿的那个气球是我的。咱们拿反了！”她边叫着边把自己的气球交给首相，并拿过了自己的。他们一下子飞了起来，在树林间飞过，一边飞一边聊天。

“你有没有结婚？”简和迈克尔听见穆丽尔女士问道。

首相回答说：“没有，我一直都找不到一位适合的中年女士——不太年轻也不是太老，还要快乐一点，因为我本身就已经够严肃了。”

“那么我适合吗？”穆丽尔·布赖顿·琼斯小姐说，“我很能自娱自乐。”

“非常不错，我觉得你很适合。”首相说着，跟她手拉着手飞到了大家中间。

公园看守人拿着一个写着“史密斯”的樱桃色小气球，叫喊着从人群中挤了过去。他挥挥手把两只狗赶了过去——一只哈巴狗的气球上面写着“库”，而另一只狼狗的气球上则写着“阿伯丁”。

“千万别碰我的狗！要不然我记下你的号码去投诉你！”激动地叫喊的太太抓住了一个写着“梅菲尔德公爵夫人”的气球。

但是公园看守人不吃她这一套，只管飞着叫着：“所有的宠物都要带好！请别在公园里拥挤！禁止吸烟！请大家遵守规则！”他喊得嗓子都哑了。

“玛丽阿姨在哪儿呢？”迈克尔飞到了简身边问道。

“她在那边！就在我们前面！”她指着前面一个端庄整洁的人回答道，那人在全公园最大的气球下面蹦着跳着。他们都跟着它回家。

“亲爱的小宝贝，气球多又多！”咯咯笑声在他们后面传来。

他们转过脸去看到了卖气球的老太太。她的盘子已经空了，她头顶上已经没有气球了，可却像有成千上百个看不见的气球在吊着她走一样。

“全都卖掉了！”她飞过时又叫道，“气球一人一个，就是千万别拿错。人人都可以来挑，仔仔细细好好挑！我卖光了！气球多又多。”

她口袋里钱很多，飞过时叮叮当当响不停。简和迈克尔停下来，看着这干瘪瘦小的老太太飞过那些上上下下的气球。飞过了首相、市长、玛丽阿姨和安娜贝儿身边，变得越来越小，最后这位卖气球的老太太在远处消失不见了。

“亲爱的小宝贝们，气球多又多！”只剩下了轻微的回声。

“请快点过来！”玛丽阿姨说，于是四个人围到了她的身边。安娜贝儿让玛丽阿姨的气球晃来晃去，紧靠在玛丽阿姨身边睡着了。

十七号院的门敞开了，前门半开着。玛丽阿姨在半空中端庄地蹦蹦跳跳，进了门，上了楼。孩子们蹦着跳着也跟在后面飞。到了儿童室之后，他们四双腿很响地擦着地板。而玛丽阿姨悄无声息地落了下来。

“噢，下午过得多愉快啊！”简扑上去一把抱住玛丽阿姨。

“好了，已经够了。现在请梳梳头发吧，我一点儿也不喜欢稻草人。”玛丽阿姨尖刻地说道。

“现在我觉得自己也像个气球了。”迈克尔激动地说道，“轻飘飘的，自由自在的，像神仙！”

“长得像你这模样的神仙可真对不起观众！”玛丽阿姨又尖刻地说，“快去洗洗手吧。你简直就像个扫烟囱的人！”

等他们梳洗的干净整洁地回来时，四个气球顶着天花板，四根线把它们牢牢地拴在了壁炉上面那幅画的背后。

迈克尔抬头看着它们——他那个黄色的，简那个蓝色的，还有双胞胎那个粉红的和玛丽阿姨那个红色的，气球它们全都一动也不动。没有一丝风在吹动它们。它们顶着天花板，又轻又亮，就那么一动也不动。

“这可真奇怪！”迈克尔自言自语地轻轻地说道。

“你在奇怪些什么？”玛丽阿姨打开了她的大包小包，问了一句。

“我在想，如果你不跟我们在一起会不会发生这些事。”

玛丽阿姨狠狠地吸了吸鼻子。

“我丝毫不觉得奇怪，你觉得奇怪的事情也太多了！”她回答说。

迈克尔只能问到此为止，不能再去问了。

第八章　内利·鲁比娜

“我看这雪永远不会停了……永远也不会！”

简放下了手中的《鲁滨孙飘流记》，阴沉着脸看着窗外。

大片大片的雪花一直下个不停，厚厚地覆盖着马路、公园和樱桃树胡同一家家的屋顶，一切都是白茫茫的。雪不间断地下了整整一个星期，孩子们一次也出不去。

“我无所谓，一点儿也不在乎。”迈克尔坐在地板上说。他正在玩他自己的一艘诺亚方舟上的动物。“我们应该可以做爱斯基摩人，吃鲸鱼。”

“傻瓜，这雪下得连咳嗽糖也没办法去买，我们怎么可能吃得到鲸鱼啊！”

“它们也许会来的，鲸鱼有的时候会来的。”他顶撞她说。

“你是怎么知道的？”

“我也说不好，但它们可能会来。姐姐，第二只长颈鹿在什么地方？哦，原来在这里，在老虎的下面。”

他把两只长颈鹿一起放进了诺亚方舟。然后他又唱道：

“动物两只两只地上，一只袋鼠和一只象。”

可他没有袋鼠，就用一只羚羊代替了，让它跟象一起上了诺亚方舟，由挪亚夫妇跟在后面维持秩序。

“我一直觉得奇怪，为什么他们连一个亲戚也没有，”他说。

“谁没有亲戚？”简生气地说，因为她不希望人打搅她。

“诺亚家呗。我从来没听说过他家有女儿，或者有儿子，又或者叔伯、婶婶，这是为什么呢？”

“因为他们没有嘛，请别再说话了。”简说。

“我不过是随便说了几句。我说过不可以说的事吗?”他开始觉得不耐烦了，在儿童室里被关得不耐烦了。他爬了起来，晃晃悠悠地向简走了过去。

“我不过是随便说了几句……”他开始去打扰她，推了推她拿着书的手。

这样一来简终于忍不住了，她一把把《鲁滨孙飘流记》扔过了房间。

“你怎么敢来打扰我?”她向迈克尔转过脸来生气地叫道。

“你怎么敢不让我说话呢?”

“我没有不让你说话啊!”

“你就是不让我说话!”

转眼之间简已经紧紧抓住迈克尔的肩膀在狠狠地摇了，而迈克尔也抓住了她的一大把头发。

“到底发生了什么事?”

玛丽阿姨站在门口，生气地死死盯住他们。

于是他们马上分开了。

“她摇我!”迈克尔大叫道，可却像做错了事情似的看着玛丽阿姨。

“他拽我的头发!”简呜呜地哭着说，用手捂住了脸，因为她不敢看玛丽阿姨死死盯住她看的目光。

玛丽阿姨大踏步走进了房间，手里还抱着一大叠帽子、衣服和围脖。双胞胎瞪大了眼睛，好奇地跟在了她的后面。

“我更愿意照顾一群野人。”她吸了吸鼻子说，“他们比你们更懂事一些!”

“可是她摇我的……”迈克尔又开口道。

“讲坏话的，烂舌头!”玛丽阿姨嘲讽他道，一看他想顶撞她，又说:“你竟敢回嘴!”她警告地说着，给他穿上了大衣，“请你们把这些东西都穿上吧！现在我们要出去了!”

“出去?”

他们真的不敢相信自己的耳朵！一听见这句话．他们的怒气全都消失了。迈克尔把护腿的扣子扣好之后，开始觉得刚才打搅简实在是很不应该，抬头看她时，她已经戴上了绒线帽在对他微笑了。

“好哇，真好，太好了！”他们顿着脚大叫，拍着戴上了羊毛手套的手。

“真是一群野人！”玛丽阿姨边生气地说道，边推着他们下了楼。

雪已经停了，但是花园、那边公园甚至是全世界都盖着厚厚的一层雪，就像是盖着白色的被子。光秃秃的樱桃树枝上全都是闪烁的白色的雪，公园的栏杆原本是细长的绿色的，如今也变成了毛蓬蓬的白色的。

罗伯逊·艾正在花园的小路上无精打采地铲着雪，每铲几寸雪都要休息好半天。他穿着班克斯先生的旧大衣，旧大衣太大了，他每铲好一块地，拖在后面的大衣的下摆就会把一些新的雪扫在已经铲过的地方。

孩子们从他身边跑过，奔向了院子的大门，哇哇地大叫着，挥动着双手。

一整个胡同的人都到外面来透气了。

“啊嗬，所有船员们！”海军上将像打雷似的大叫着过来了，跟他们一个一个地握手。他从头到脚都用长大氅给裹住了，鼻子像从来没见过似的那么红。

“您好！”简和迈克尔彬彬有礼地问候道。

“港口和右舷！”海军上将高声地叫道，“这种天气我不能说好。呼呼呼呼！我得说这是非常可怕的、灰蒙蒙的、一点儿也不适宜航海的日子。春天为什么还不来？你们倒是说说看！”

“安德鲁！快来。威洛比！快来，快到妈妈的身边来！”

拉克小姐裹着皮大衣，戴着皮帽，就像个茶壶保暖套，跟她的两条狗正在散步。

“大家早啊！”她装模作样地跟他们打招呼，“什么鬼天气！太阳到底上哪儿了去了？为什么春天还不来？”

“小姐，千万别问我！”布姆海军上将说道，“这不关我的事。你应该到海上去的。那儿永远都是好天气！大家到海上去吧！”

“噢，我绝不能去，布姆海军上将！我没这闲工夫。我正打算去给安德鲁和威洛比各买一件皮大衣。”

两条狗的脸上显出了既难为情又害怕的表情。

海军上将咆哮着说："皮大衣！炸掉了我的罗盘箱！居然给一对杂种狗买皮大衣？去她的皮大衣！我说的是港口！起锚！去她的皮大衣！"

"海军上将！"拉克小姐激动地叫道，"海军上将！"她用手捂住了耳朵，"你说的都是什么话！请你别忘了，这种话我可是听不惯的。我这两条可不是什么杂种狗。根本就不是！它们一条有源远流长的历史，而另外一条有一颗好心，说什么杂种狗，你真是的！"

她匆匆忙忙地走了，生气地自言自语，安德鲁和威洛比跟在她的后面，摇着尾巴，样子非常不痛快，又很难为情。

卖冰淇淋人推着他的车子飞速地走过，拼命地摇着铃。

他车子前面的牌子上写着："千万别叫住我，要不然我会感冒的！"

"春天到底什么时候才会来呀？"卖冰淇淋的大声嚷嚷着问正拐过街口走过来的扫烟囱的工人。扫烟囱的害怕感冒，浑身都用刷子扫帚披挂着，看去不像是个人，倒更像是只猪。

"呜噢，呜噢，真糟糕！"他的声音穿过扫帚刷子传了出来。

"你说什么呢？"卖冰淇淋的问道。

"真糟糕！"扫烟囱的边说着，边走进拉克小姐的侧门，消失不见了。

看公园人的站在公园大门口，挥动着胳臂，蹬着脚，呵着手。

"想要来点春天，是吗？"玛丽阿姨带着孩子们走过时，他对她说。

"可我觉得这个样子很不错啊！"玛丽阿姨抬起头，严肃地回答。

"只有你才觉得这样不错，"看公园的嘟囔了一句。不过他是用手捂住嘴说的，只让简和迈克尔听见了。

迈克尔落在了后面。他弯下腰来捧起了一把雪，用两只手掌搓着。

"我的好姐姐！"他用哄人的声音叫她，"我有一样东西想要给你！"

简刚一转过脸来，一个雪球已经呼啸着飞过来打中了她的肩膀。她大叫了一声，就去挖雪，紧接着各个方向的雪球乱飞。玛丽阿姨在扔来扔去的雪球之间从容不迫地穿过，落落大方。她如果戴着羊毛手套，穿着兔皮大衣该有多么的漂亮。

她正在这么想的时候，一个大雪球飞过了她的帽边。不偏不倚正好落在了她的鼻子上。

"噢！我真不是故意的！"迈克尔用双手捂着嘴叫了起来，"玛丽阿姨！我的的确确不是故意的。我打算扔姐姐的。”

玛丽阿姨回过脸来，当这张脸从雪中露出来的时候，十分可怕。

“玛丽阿姨，”迈克尔诚恳地道歉说，“非常对不起。这只是个巧合！”

“我不管这是不是巧合，都不许你再扔雪球了。”她说，“什么是个巧合！野人都比你懂规矩！”

她把雪球的碎片从脖子上抓了下来，用戴羊毛手套的手掌搓成了小球，扔过积雪的草地，然后非常神气地大踏步向着雪球走了。

“这下你可闯祸了。”简幸灾乐祸地对迈克尔说。

“但我不是故意的。”迈克尔悄悄地回答她。

“这我明白。但你也知道她的脾气！”

玛丽阿姨走到了刚才那个雪球落下来的地方，把它捡了起来，又狠狠地用力向远处一扔。

“她到什么地方去了？”迈克尔突然说。因为雪球没有落到路上，而是在树木底下滚着，玛丽阿姨匆匆忙忙地跟着它走。她时不时地躲开从树枝上掉下来的雪。

“我真的跟不上了！”迈克尔被自己的脚给绊了一下，抱怨说。

玛丽阿姨加快了脚步。孩子们跟在她后面直喘气。等到他们赶上雪球时，看到它正好停在了他们从没见过的最稀奇古怪的房子旁边。

“我不记得从前到底有没有见过这样一座房子！”简吃惊地瞪大眼睛说。

“说它是房子，那倒不如说它是一座方舟。”迈克尔也瞪大了圆眼睛看着它。

这房子牢牢地站在雪里，一根粗绳子把它拴到了一棵树的树干上。它的周围是一圈走廊似的狭长的甲板，又高又尖的房顶被漆成了鲜红色。可最让人觉得奇怪的，虽然它有好几扇窗子，但却没有一扇门。

“咱们到什么地方啦？”简充满了好奇，兴奋地问道。

玛丽阿姨没有回答。她带着他们沿着甲板快步走着，在一块牌子前面停了下来，牌子上面写着：

“请敲三下半。”

“半下到底要怎么敲呢？”迈克尔悄悄地问简。

“嘘！”她向玛丽阿姨的那边点了点头，像是在说：“咱们又要遇到一次奇遇了。千万别问问题打岔！”

玛丽阿姨抓住牌子下面挂着的扣环，在墙上轻轻敲了三下。接着又用戴着羊毛手套手的一个指头和大拇指轻轻地夹住了扣环，极轻地又敲了一下。就是这样的：笃！笃！笃！…………

就好像有人在等着这次敲门似的，屋顶立刻像箱子盖似地翻开了。

“我的天哪！”迈克尔忍不住大叫了一声，因为屋顶掀开时一阵风快把他的帽子吹掉了。

玛丽阿姨走到了窄长甲板的尽头，爬上了一个很陡很陡的小梯子来到了顶上，她回过头来非常严肃地朝下看了看，伸出了戴着羊毛手套的手，用一个手指头招呼着他们：“现在请上来吧！”

四个孩子急忙跟着她上去了。

“跳！”玛丽阿姨边叫着边从梯子顶端跳进了屋子里。她转过身来，抱起跟着简和迈克尔一起上来，想要跨过屋顶的双胞胎。等到他们全都安安全全地进了屋，屋顶就轻轻地咔哒一声盖上了。

他们四面张望着，四双眼睛惊奇地鼓了起来。

“多么有趣的房间！”简说。

不仅有趣，而且全天下都十分少见。房间里唯一的家具就是占了一面墙的一个大柜子。四堵墙壁刷得白白的，靠墙是一堆堆的木块，刻成了树和树枝的形状，全被漆成了绿色。满地都是木头刻的带树叶的小树枝，都刚用油漆漆好。墙上挂着好几块牌子，上面写着：当心油漆！

又或者“不准抚摸！”又或者“离开青草！”

还不仅仅是这些。在一个角落有一群木头羊，羊毛刚涂上的颜色都还没干。而另一个角堆满了一小堆一小堆的硬邦邦的花——黄色的乌头花、绿夹白的雪莲花，还有鲜艳的蓝花。它们全都是闪闪发亮的，黏糊糊的，就像刚漆好的样子。整齐地堆在第三个角落的木头鸟和蝴蝶也是一样的，靠在柜台旁边的白色木头云片也是这样的。

可房间里一头架子上的一个大瓶子却没被漆过。它像是由绿玻璃做成的，各种形状千奇百怪颜色各异的扁平东西装到了瓶口。

“你说的非常对，简。”迈克尔瞪大了眼睛看着她说，“这真是个好玩的房间！”

“好玩？”玛丽阿姨说，就好像迈克尔说了什么失礼的话似的。

“那么……应该是特别。”

“特别？”

迈克尔顿时说不出话来了，他根本找不到更加合适的字眼。

“实际上我想说的是……”

“我感觉这个房间非常可爱，玛丽阿姨……”简赶紧来给迈克尔解围。

“对，是可爱。”迈克尔大大地松了一口气说，“而且……”他又聪明地补上了一句，“我觉得如果你戴上那顶帽子就更加好看了。”

他仔细地看着她，对，她的脸变得温和了一些，嘴角甚至开始有些儿笑意了。

“嗯！”她边说着边向房间的另一头转过脸去。

“内利·鲁比娜！”她叫道，“你在什么地方？我们来了！”

“就来，马上就来！”

一个他们从没有听到过的又高又细的声音从柜台底下传了出来。紧接着从传来声音的那个方向露出了一个脑袋，头上还戴着一顶小扁帽。头露出来以后又露出了一个很结实的胖圆身子，她一只手拿着一罐红漆，而另一只手则拿着一支没被漆过的木制郁金香。

没错，一点儿没错，简和迈克尔觉得这应该是他们见到过的最奇怪的人。

看着她的脸和个子觉得她很年轻，但她又不像是由血肉做成的，而像是用木头做成的。她僵硬发亮的黑头发好像是刻在她的头上一样，然后用油漆漆过的。她的眼睛就是像从她脸上钻出来的两个小黑窟窿。她发亮的脸颊上的两块鲜艳的红晕明显是漆上去的！

“波平斯小姐，感谢你的光临！”这古怪的人说，笑起来的时候红嘴唇闪闪发亮。她放下了油漆和郁金香，绕过柜台来跟玛丽阿姨握手。

这个时候孩子们才发现她根本就没有腿！她从腰部以下的一整块，都是个圆盘，她靠转动着圆盘走路。

“这没什么，内利·鲁比娜，”玛丽阿姨非常客气地说，“看到你可真高兴！”

“没什么好说的，我们早就在盼望你了。”内利·鲁比娜说了下去，“因为我想要你来帮我们……”她住了口没有说下去，因为不仅玛丽阿姨冲她丢了个眼色，而且她自己也看到孩子们了。

“噢，”她友好地高声叫道，“简和迈克尔也来了！还有双胞胎，多么出人意料啊！”她转动身子，过来跟他们狠狠地握手。

“你居然知道我们？”迈克尔吃惊地瞪大眼睛看着她说。

“噢，可不是吗！”她高兴地用颤抖的声音说，“我经常听我爸妈讲到你们。那么让我们来重新认识认识吧。”她笑着一定要跟大家轮流再握一次手。

“内利·鲁比娜，”玛丽阿姨说，“我觉得你可以少说几句话。”

“一点儿也不错！”内利·鲁比娜笑着向柜台那边转了过去，“波平斯小姐，我很乐意听你的话！”

“你还有论两的话吗？”疑惑的简问她。

“当然，还有论斤的呢。如果你要的话，一吨也可以。”内利·鲁比娜一下子住了口。她伸手去拿架子上的大瓶子，可她的手太短了，根本够不到。“哟哟哟！不够长。我一定要把我的手再加长一点。不过现在我应该把我伯伯给叫来，让他来拿。道杰伯伯！道——杰伯伯！”

她最后一声是向着柜台后面的门里叫的，然后马上出来了一个人，样子也非常古怪。

他跟内利·鲁比娜一样圆，不过年纪比她老得多，而且愁容满面。他的头上也戴着一顶扁圆小帽，胸前的衣服紧紧扣着一排扣子，跟内利·鲁比娜一样也像是由木头做成的。当他的围裙飘起来的时候，简和迈克尔看到他跟他的侄女一样，腰部以下也是一整块。他的一只手里拿着一只木头做的布谷鸟，用灰色油漆刚漆了一半，他的鼻子上也沾着相同的漆。

“亲爱的，是你在叫我吗？”他用温柔而又尊敬的语气问。

接着他一眼就看到了玛丽阿姨。

“啊，你终于来了，波平斯小姐！内利·鲁比娜一定会很高兴的。她一直在等着你来帮助我们……”

他一看见孩子们，突然就停了口。

“噢，太抱歉了。我根本不知道来了大队人马，亲爱的！我马上就去把这只鸟给漆完……”

“道杰伯伯，先别！”内利·鲁比娜凶狠狠地说，“我要把瓶子拿下来。你能帮个忙吗？”

虽然她样子很快活，但孩子们注意到，她对伯伯说话时的语气不是在请求他而是在命令他。

于是道杰伯伯往前跳，就跟有腿的人跳得一样快。

“当然了，亲爱的，当然了！”他一伸手就拿下了大瓶子，并把它放在了柜台上。

“请把它放到我的面前！”内利·鲁比娜高傲地命令他道。

道杰伯伯赶紧把瓶子推了过去。

“亲爱的，很抱歉，瓶子到了！”

“这些全是会话吗？”简指着瓶子问，“它们看着倒像是糖果。”

“小姐，的确是糖果！这是会话糖，”道杰伯伯边用围裙擦瓶子上的灰边说。

“那这些糖能吃吗？”迈克尔好奇地问。

道杰伯伯小心翼翼地看了看内利·鲁比娜，然后靠在了柜台上。

“当然能吃，”他捂着嘴说，“不过我只是个伯父，我不能吃。可她……”他恭敬地朝她侄女那边点了点头，“但她是长女和直系继承人！”

简和迈克尔根本没听懂他的话，不过还是有礼貌的点了点头。

“好，”内利·鲁比娜把瓶子的盖拧开，高兴地问道，“你们谁先挑？”

简伸手进去拿出了一颗星星状的扁糖，像是薄荷的。

“上面有字！”她激动地叫了起来。

内利·鲁比娜哈哈笑着尖声说道：“当然有字啊！这就是会话啊！你念吧。”

简念了出来，“你是我的宝贝”。

“这多么好啊！”内利·鲁比娜边清脆地说着，边把瓶子推给了迈克尔。迈克尔拿出了一颗粉红色的贝壳糖。

“你爱我吗？我爱你。”他大声念道。

“哈哈！这颗太好了！当然了，我也爱你！”内利·鲁比娜大声笑着，又很快地亲了迈克尔一下，在他脸上留下了黏糊糊的油漆。

而约翰的那颗黄色会话糖上写着：“矮矮的小胖子！”巴巴拉的那颗写着：“喜洋洋，亮堂堂。”

“你们的确就是那样子的！”内利·鲁比娜站在柜台后面对他们笑着说。

“轮到你拿了，波平斯小姐！”当内利·鲁比娜把瓶子推向玛丽阿姨时，简和迈克尔注意到了她们互相交换了一个心照不宣的奇怪眼色。

玛丽阿姨脱下了羊毛大手套，闭上眼睛，然后把手伸进去摸了好一阵。接着她的手指头夹出了一颗新月形的乳白色糖，放在了眼前。

“今晚十点钟，”简把月牙糖上的字念了出来。

道杰伯伯紧张地搓着手：“是，这时间正是我们……”

“道——杰伯伯！”内利·鲁比娜用警告的语气厉声说。

他脸上的笑容顿时就消失了，而且变得比先前更加愁容满面了。

“亲爱的，很抱歉！”他谦卑地说，“我想我是老了，老是会说错话……真是对不起。”他一脸羞愧的样子，可简和迈克尔根本看不出他到底做错了什么事。

“好，”玛丽阿姨把会话糖小心翼翼地放进了手提包里说，“不好意思，内利·鲁比娜，我觉得我们得离开了！”

“噢，你们一定要离开吗？”内利·鲁比娜转着她的圆盘过来了一点，“你来了真让人高兴！但是，”她看了看窗外，“可能又要下雪了，会把你困在这个地方的。你们不愿意留下，是吗？”她向孩子们转过脸来，声音颤抖地说道。

“我愿意，”迈克尔肯定地说，“我想要留下。这样一来，我可能就能知道这些东西是用来干什么的。”他指着涂上了漆的树枝、鸟、羊和花说。

“那些东西？噢，它们不过是一些装饰品。”内利·鲁比娜边说着，边急匆匆地摆了摆手，表示它们没什么大作用。

“可你把它们拿来干什么呢？”

道杰伯伯使劲地把身子从柜台那边靠了过来。

“你知道的，我们把它们拿出去……”

“道杰伯伯!”内利·鲁比娜的黑眼睛凶狠狠地看了他一眼。

“噢，亲爱的！我又这样了，老是不会说话。因为我实在是太老了。”道杰伯伯垂头丧气地说。

内利·鲁比娜又狠狠地瞪了他一眼，然后转脸对孩子们微笑着说。

“再见!”她赶紧跟他们握手，“我一定会记住我们的会话糖。你是我的宝贝，我爱你，小胖子，喜洋洋!”

“你忘了玛丽阿姨的会话糖，上面是‘今晚十点钟’。”迈克尔提醒她道。

“啊，她一定不会忘记的!”道杰伯伯高兴地笑着说。

“道杰伯伯!”

“噢，对不起，真抱歉!”

玛丽阿姨说：“再见了!”然后她郑重地拍了拍手提包，又和内利·鲁比娜交换了一个古怪的眼神。

“再见，再见了!”

简和迈克尔后来想了想，想不明白他们是如何离开那个奇怪的房间的。他们刚在房间里跟内利·鲁比娜说了再见，一转眼就已经又在外面的雪地上了，吃着他们的会话糖，匆匆忙忙地跟着玛丽阿姨离开了。

“我说，”简说，“迈克尔，那颗糖我敢断定一定是句暗号。”

“哪颗糖？我的那一颗?”

“不。就是玛丽阿姨挑的那一颗。”

“你是说……”

“我觉得今晚十点钟一定有事发生，我要在那里等着看。”

“我也一定会这么做的，”迈克尔肯定地说。

“请好好走！快跟上来!”玛丽阿姨说，“我没有时间可以整天浪费在……”

简正在呼呼大睡，梦中有人在很急地轻轻地叫她，她猛地一惊，坐了起来，看见迈克尔正穿着睡衣站在了她床边。

“你说你会醒着等的!”他轻轻地用责怪的语气说。

“什么地方？什么？为什么？噢，对了，迈克尔！你说过你也会这么做的。”

“你听！”迈克尔说。

隔壁房间有人踮起脚尖走路。

简好像猛地吸了一口气，“马上回到床上去，赶快去装睡！快！”

迈克尔一跳，就已经钻进了毯子里。他和简在黑暗中屏着气仔细地听。

儿童室的门悄悄地被打开了，很窄的一道光逐渐变宽了，接着一个脑袋伸进看了看四周，然后有人悄悄地走了出来，轻轻地关上了门。

玛丽阿姨穿着她的皮大衣，手里还拎着鞋，踮着脚尖小心翼翼地穿过了他们的房间。

他们静静地躺着一动也不动，听见她匆匆地下了楼。前门钥匙咔哒地一转，外面花园的小路上传来了一阵脚步声，院子大门也咔哒一声打开了。

就在这个时候，钟敲了十下，到十点了！

他们跳下了床跑到隔壁的儿童室，那儿的窗子正对着公园。

黑夜里夜空中的星星闪闪发亮，但今天晚上他们要看的可不是星星。如果玛丽阿姨那颗会话糖真的是一个暗号，那么就一定有更加有趣的事情会发生。

“你瞧！”简兴奋地咽了咽口水，指着公园那里说。

在公园的那边，那座方舟似的房子现在就在它的大门口，松松地拴在了一棵树的树干上。

“它怎么会在那儿的？”迈克尔瞪大眼睛吃惊地看着说，“今天早晨它明明在公园的另一边的。”

简没有回答，现在她只顾得上看。

方舟的顶打开了，内利·鲁比娜站在楼梯上，道杰伯伯从里面给她递出了一捆又一捆油漆过的木头树枝。

“波平斯小姐，你准备好了吗？”内利·鲁比娜尖声地问道。玛丽阿姨已经站在了甲板上，准备接她递过来的一大包一大包的东西。

天气非常清朗，也十分安静，于是蹲缩在窗口的椅子上的简和迈克尔每个字都能听得一清二楚。

方舟里面突然传来轰地一声响，应该是一个木头东西掉到了地板上。

“道杰伯伯！请你小心点！它们可是很容易摔坏的！”内利·鲁比娜凶狠狠地说。道杰伯伯递出了一大堆漆过的云朵，惭愧地回答：

“真抱歉，亲爱的！”

接着又递出来了那群又硬又结实的羊，最后是蝴蝶、鸟和花。

“都齐了！”道杰伯伯从打开的屋顶站了出来。他胳肢窝里还夹着那只木头做的布谷鸟，现在已经全漆上了灰漆。他的手里还摇晃着一大罐绿漆。

“很好，波平斯小姐，”内利·鲁比娜说，“如果你已经准备好，咱们就可以开始动手了！”

于是他们开始了简和迈克尔从没见过的最古怪的工作。他们觉得就是到九十岁他们也忘不了。

内利·鲁比娜和玛丽小姐一人先从一大堆漆过的木头东西中，拿出了一根带叶子的长树枝，跳起身来，迅速地把它们粘到了树上被冰冻了的光树枝的上面。它们好像非常容易被粘住，因为她们不到一分钟就已经粘好了。每粘好一根树枝，道杰伯伯就会跳起来在接头的地方涂上一点点绿漆。

“我的天哪！”简看着内利·鲁比娜轻轻地飞上了一棵非常高的白杨树梢，把一根大树枝粘到了那里的时候，忍不住叫了起来。而迈克尔则目瞪口呆地连话都说不出来了。

三个人很快地走遍了整个公园，飞似地跳上最高的树枝。一转眼之间，公园里的每棵树都伸出了满是树叶的木头树枝，道杰伯伯也在接头地方涂上了漆。

简和迈克尔时不时地听见内利·鲁比娜的尖叫：“道杰伯伯！请你小心点儿！”接着就是道杰伯伯惭愧地说抱歉的声音。

这个时候内利·鲁比娜和玛丽阿姨抱起白色的木头云朵，飞得更高，甚至蹿到了树木的上空，把云朵小心翼翼地安在了天空上。

“它们粘住了！它们粘住了！”迈克尔激动地大叫，在窗口的座位上直跳。一点也没说错，云片一下子就被粘在了闪烁的夜空中了。

“太好了！”内利·鲁比娜猛扑下来兴奋地叫道，“现在轮到羊了！”

他们把那群木头羊非常小心地放在了雪地上，让羊群挤在一起，让硬邦邦的小白羊羔夹在了它们中间。

“都干完了！”简和迈克尔听见玛丽阿姨让最后一只羊站好时，内利·鲁比娜说。

“波平斯小姐，如果没有你，我们真不知道要怎么办，真的不知道要怎么办！”内利·鲁比娜高兴地说。然后马上换了语气说：“道杰伯伯，快点！请马上把花给我！”

“就来了，亲爱的！”他匆匆忙忙地转到了她的身边，围裙上装满了雪莲花和木头花，都鼓了起来。

“噢，瞧吧！快瞧吧！”简高兴得抱住身体叫道。因为内利·鲁比娜把木头花插在了一个空的花坛的四周。她转动着在花坛边上种下了她的木头花，又不断地伸手从道杰伯伯的围裙里拿出鲜花。

“非常整齐！”玛丽阿姨佩服地说，简和迈克尔听见她说话的语气是那么地快活而友好，不由得感到非常奇怪。

“是吗？”内利·鲁比娜边拍掉手上的雪，边清脆地说，“好看吧！道杰伯伯，还剩下什么东西？”

“还剩下鸟和蝴蝶，亲爱的！”他捧起了围裙，内利·鲁比娜和玛丽阿姨拿出剩下的鸟和蝴蝶，轻快地在整个公园里走，把鸟放在了树枝上和鸟窝里，把蝴蝶抛到了空中。可奇怪的是蝴蝶待在那里，悬在空中，被漆得非常鲜艳的翅膀在月光中能看得一清二楚。

“好！我想已经都干完了！”内利·鲁比娜说，她站着不动，两手插着腰，环视了一遍。

“亲爱的，还有最后一样东西！”道杰伯伯说。

虽然干了一晚上活让他觉得自己又老又累，可他还是跌跌撞撞地向着公园大门口附近的桉树转了过去。他从胳肢窝底下拿出了那只布谷鸟，然后把它放在了树枝上的树叶丛里。

“就待在这儿吧，我美丽的小鸟！就在这儿吧，我美丽的鸽子！”他轻轻对它说道。

“道杰伯伯！你到底要多久才能学会？这不是鸽子。而是布谷鸟！”

他谦逊地点头。

“一只布谷鸟鸽子吧，我觉得应该这么说。真抱歉，亲爱的！”

“好了，波平斯小姐，我们真得走了！”内利·鲁比娜说，转到了玛丽阿姨的身边，用两只手捧住她粉红色的脸，亲了亲她。

“再见了！”她快乐地叫着，沿方舟的甲板转动着，跳上了小楼梯。然后她在梯顶上转过脸来冲玛丽阿姨飞快地挥了挥手，然后她嗒嗒嗒地跑下去消失不见了。

“道杰伯伯！快下来！别再让我等着！”她很细很细的声音飘了下来。

“来了，来了，亲爱的！真对不起！”道杰伯伯也转动着向着甲板走去，在半路上又跟玛丽阿姨握了握手。木头布谷鸟从树叶丛中探出头来，他又心疼又难过地看了看它，接着他腾空而起，在里面咔哒一声落地了。屋顶翻了下来，咔哒一声也关上了。

“现在放它走！”里面传出来内利·鲁比娜尖厉的命令声。于是玛丽阿姨上前一步，解开了树干上的绳子，一个窗子立刻把绳子拉了进去。

“请让开！快请让开！”内利·鲁比娜大声道。玛丽阿姨赶紧退后一步。

迈克尔紧紧地抓住了简的手。

“他们离开了！”他叫了起来，这个时候方舟从地上升了起来，头重脚轻地飘到了雪的上空。它在树木之间摇摇晃晃地上升，接着它稳定了下来，轻快地向上飘去，飞到了最高的树枝的上空。

一个窗口中伸出了一只手，飞快地向下挥了挥，简和迈克尔还没弄明白这到底是内利·鲁比娜还是道杰伯伯的手，方舟已经飘进了星空里，房子一角把它遮挡住了。

玛丽阿姨在公园大门口站了一小会儿，挥了挥羊毛手套。

然后她匆匆地穿过胡同，走过了花园小路。前门钥匙在锁里咔哒一声转动，接着楼梯上响起了小心的脚步声。

“马上回床上去！她一定是上这儿来找我们了！”简说。

他们迅速地从窗口的椅子上下来，穿过门，跳上了床。他们刚把毯子盖好，玛丽阿姨就已经轻轻推门进来，踮起脚尖穿过了房间。

嚓！这是她把大衣挂在了衣钩上。啪嗒！这则是她把帽子放进了纸袋里，再也没有声音了。因为这个时候她已经脱下衣服爬上了她的行军床，简和迈克尔也已经钻进毯子里缩起了身子，很快地睡着了……

“咕咕！咕咕！咕咕！”

清脆的布谷鸟的叫声飘过了胡同。

“蹦蹦跳跳的长颈鹿！”班克斯先生边在脸上涂着肥皂，边兴奋地叫了起来，“春天终于到了！”他扔下肥皂刷子跑进了花园。他一进去就仰头用双手围着嘴吹喇叭叫道。

“达克尔！简！双胞胎！”他向着儿童室的窗口大声叫道，“快下来！雪融化了，春天终于到了！”

他们噔噔噔跑下了楼，走出前门，看见满大街热热闹闹都是人。

“喂！绳子和缆索！”布姆海军上将挥动着围巾大叫，“蚌蛤和虾！春天终于到了！”

“噢！”拉克小姐匆匆忙忙地走出她家的院子门说，“终于有好天气了！我本来还打算给安德鲁和威洛比各买一双皮靴呢，现在雪融化了，看来是用不着了！”

安德鲁和威洛比一听，终于放下了心来，亲她的手，表示它们非常高兴，因为她没让它们丢脸。

卖冰淇淋的推着车子慢悠悠地来回走动，留心着等待顾客光顾他。今天他车上的牌子上面写着：

“春天到了，丁铃铃，春天到了，快来买一份冰淇淋吧！”

扫烟囱的也只拿了一把刷子，顺着胡同走过来，得意地左看右看，就好像好天气是他安排的似的。

简和迈克尔兴奋得呆住了，看着他们。

所有的一切都在阳光中闪烁着，所有雪都看不见了。

每棵树的枝头上都长出了轻柔的灰绿色的花骨朵。公园里花坛里开着乌头花、雪莲花等各种黄花、白花、蓝花。这个时候看公园的人走了过来，采了一小束花，小心地插在了钮孔上。

五颜六色的蝴蝶拍打着毛茸茸的翅膀从一朵花上边飞到了另一朵花上边。山雀、燕子，还有金翅雀在枝头上婉转地鸣叫和造窝。

一群羊领着小羊羔走了过来，大声地咩咩叫着。

而公园大门边的桉树枝头上传来一阵阵布谷鸟的叫声：

“咕咕！咕咕！”

迈克尔向着简转过了脸去。他的眼睛闪闪发光。“这一定是他们做的——内利·鲁比娜、道杰伯伯还有玛丽阿姨！”

简心事重重，点了点头。

在花骨朵的淡淡绿烟中，一只灰色的布谷鸟在桉树枝头上来回地晃动。

“咕咕！咕咕！”

“我还以为它们全是由木头做成的，只是油上了漆呢！”迈克尔说，“你觉得它们是在晚上变活的吗？”

“可能是吧。”简回答说。

“咕咕！咕咕！”

简一把抓住了迈克尔的手，他好像猜到了她的想法，跟着她穿过花园，穿过胡同，跑进了公园。

“喂！你们两个到什么地方去？”班克斯先生大叫道。

“喂，你们两个伙计！”布姆海军上将大声地咆哮。

“你们会走丢的！”拉克小姐尖声地警告他们。

卖冰淇淋的拼命摇铃，扫烟囱的站在那里呆呆地看着他们奔跑的背影。

可简和迈克尔没有理他们，他们在树木下一直跑进了公园，来到了他们曾经看到过方舟的地方。

他们停了下来直喘气。在黑黝黝的树枝底下还非常冷，都是树荫，所以雪还没有融化。他们望来望去，找了一圈又一圈，可深绿色树枝下面只有一层厚厚的雪。

“这么看来，它真的已经走了！”迈克尔四处张望地说。

“所有的一切，可能只是我们想象出来的，姐姐，你觉得呢?”他没有把握地问。

她突然弯腰从雪地上捡起了一样东西。

“不，”她慢慢地说，“我敢肯定这不是我们想象出来的。”她张开手，手心里放着一颗粉红色的会话糖。她把字大声念了出来：

“明年再见吧。内利·鲁比娜”

迈克尔深深地吸了一口气。

“她原来是这样一个人！道杰伯伯说她是长女。可我居然一点也没想到。”

“是她给我们带来了春天!”着迷的简看着会话糖说道。

“谢谢你们了。”后面传来了声音，“现在请马上回家去吃早饭，”玛丽阿姨说。

他们像做错了事似地回过头去。

“我们只是……”迈克尔想要解释。

“那就不要想，”玛丽阿姨严厉地说。她向简的肩膀边靠了过来，拿走了她手里的会话糖。

“我觉得这应该是我的!”她边说着边把它放进了她的围裙口袋里，带路穿过公园回到了家。

迈克尔在边上折下了一根带嫩芽的树枝，仔仔细细地看着嫩芽。

“现在它们看来一点也不像假的，”他说。

“也许一直就不是假的，”简说。

公园那边的桉树树枝上传来了吹笛子似的嘲讽声：

“咕咕！咕咕！咕咕!”

第九章 旋转木马

这是一个安静的清晨。

经过樱桃树胡同的人中，有不止一个朝十七号的围墙里面望，还说一句："多奇怪呀！居然一点声音都没有！"

连一向对所有事情都不闻不问的房子本身也变得害怕了起来。

"天哪！我的天哪！"它听着，一切都静悄悄的，于是自言自语地说："我希望千万别发生什么事！"

楼下的厨房里，布里尔太太把眼镜架在鼻子上，一行一行地在看报纸。

在第一个楼梯口那儿，班克斯太太和埃伦正在整理柜子，数着床单。

而楼上的儿童室里，玛丽阿姨在默默地收拾吃过中饭的桌子。

"我觉得今天很好很舒适。"简在一道温暖的阳光下仰面躺在地板上，懒洋洋地说道。

"一定会有变化的！"玛丽阿姨吸了吸鼻子说。

迈克尔从上星期弗洛西妈妈送给她当作六岁生日礼物的那盒巧克力糖里拿出了最后一颗糖。

要不要把它给姐姐呢？他考虑了好一会儿。或者给双胞胎？又或者把它给玛丽阿姨？

不，这说到底是他自己的生日。

"最后一颗，幸运的最后一颗！"他轻快地说了一句，接着就把糖扔进了自己的嘴里，"我真希望还有巧克力糖！"他看着空盒子，惋惜地加了一句。

"不管是什么好东西都会用完的，一直就是这样的。"玛丽阿姨严肃地说。

迈克尔歪着头，抬起头看着她。

“你不会的！”他大胆说，“而你是好东西。”

她的嘴角露出了满意的笑容，可那笑容跟来时一样很快就消失了。

“可实际上事实就是这样的，”她接着说，“没有任何东西是能永存的。”

简回过头来，大吃了一惊。

没有任何东西是能永存的，也就是说玛丽阿姨……

“真的没有任何东西吗？”她不高兴地说。

“绝对没有，”玛丽阿姨一本正经地回答。

她好像猜到了简的想法，走到壁炉架那儿拿下了她的那个大的寒暑表。接着她又从行军床底下拉出了毯子手提袋，把寒暑表给放了进去。

简赶紧坐了起来。

“你为什么要把它给放进去了，玛丽阿姨？”

玛丽阿姨疑惑地对她看了看。

“因为我一向都很整洁，”她严肃地说，又把手提袋推回了床底下。

简叹了一口气，觉得心突然收紧了，非常难过。

“我觉得既难过又担心。”她悄悄对迈克尔说。

“我觉得你是布丁吃多了！”他嘲讽地说。

“不，绝对不是那种感觉……”她刚一开口就停住了，因为有人在大声地敲门。

笃！笃！

“请进！”玛丽阿姨大声叫道。

罗伯逊·艾正站在那里打着哈欠。

“你知道发生什么事了吗？”他睡眼蒙眬地说。

“不知道，发生什么事了？”

“公园里突然有一座旋转木马了！”

“这对我来说不能算是什么新闻了！”玛丽阿姨生气地回答。

“是游园会吗？”迈克尔兴奋地大叫，“有秋千船和套圈吗？”

“那倒没有，”罗伯逊·艾认真地摇了摇头说，“就只有一座旋转木马。昨天晚上刚到的。我还以为你想知道呢。”

他慢悠悠地拖着腿向着门外走去，接着顺手把门给关上了。

简叫了起来，把担心的事忘了个一干二净。

“噢，我们能够去吗，玛丽阿姨?”

“答应让我们去吧，玛丽阿姨，你答应吧!”迈克尔绕着她跳着，叫着说。

她转过身来，把一托盘的盘子和杯子放稳。

“我一定会去的，”她安静地说，“因为我有钱可以买票。但我不知道你们有没有钱买票。”

“我的存钱罐里还有六便士!”简焦急地回答道。

“噢，请借给我两便士吧，姐姐!”迈克尔哀求她，因为正好昨天他买甘草时把钱给花完了。

他们焦急地看着玛丽阿姨，等待着她拿主意。

“请别在儿童室里进进出出。”她严肃地说，“我请你们一人坐一次。你们一人坐一次就足够了。”然后她拿着托盘走出了房间。

简和迈克尔对视了一眼。

“这是怎么一回事?”迈克尔说，现在轮到他开始担心了。“她从来都没有请过客的!”

“你是身体不太舒服吗，玛丽阿姨?”她回来时迈克尔担心地问她。

“从来都没这样的好过!”她昂着头回答道，“谢谢你，别站在这儿把我当成蜡人盯着看!快去换衣服吧!”

她的样子那么严肃，蓝眼睛那么的凶，说话也跟平时一样尖刻，于是他们就不再担心了，嚷嚷着跑着去找自己的帽子。

这个时候屋子里的安静被乒乒乓乓的开门声、叫声还有踏脚声给打破了。

“天哪!我的天哪!我终于放心了!我刚才是多么心急呀!”房子听着简、迈克尔和双胞胎轰轰隆隆奔下楼的声音，自言自语地说道。

玛丽阿姨在门厅里停了下来照了照镜子。

“噢，玛丽阿姨，快来吧!你样子漂亮极了。”迈克尔着急地说。

她转来转去，她的表情既生气又惊喜。

的确漂亮极了!简直漂亮得没法形容了。蓝色的上衣，金色的扣子，美极了！脖子上围着金项链，美极了！胳肢窝里还夹着一把鹦鹉头的伞，美极了！

玛丽阿姨狠狠吸了吸鼻子。

“听见了你这句话就足够了……”她简单地说了一句，不过她的意思应该是觉得还没有说够。

但迈克尔已经急得顾不上这个了。

“简，快来吧！”他狂跳着兴奋地叫道，“我已经等不及了！快来吧！”

玛丽阿姨把双胞胎放进了摇篮车的时候，他们就已经先跑了，花园门在他们身后咔哒一声关上了。他们一路跑到了旋转木马那儿。

听不清楚的音乐声从公园那边飘了过来，就像旋转的球那样嗡嗡地响着。

“你们好！”拉克小姐带着她的两条狗在胡同里匆匆走过，用她独特的高嗓门跟他们打着招呼。

他们还没来得及回答她，她又开口说到：“我觉得你们应该是上旋转木马那儿去的吧！安德鲁、威洛比和我刚去了，那真是高级的享受。不但很漂亮，而且非常干净，服务员也十分客气！”她快步地走过，两只狗在她身边跑着，“再见了！再见了！”她转过脸来叫道，接着在路口拐弯消失不见了。

“用力拉呀，一起抽水！宝贝们！”

公园那边传来了熟悉的咆哮声，布姆海军上将走出了公园，满脸通红的，大跳着水手舞。

“一瓶糖酒！哟嗬嗬！海军上将也坐过了旋转木马。把船上的水舀干吧！蚌蛤和龙虾！跟长途航海一样美味！”他跟孩子们打招呼的时候大声地嚷嚷说。

“我们也到旋转木马那儿去！”迈克尔激动地说。

“什么？你们也去那儿？”海军上将好像非常吃惊。

“对，那还用说吗！”简回答道。

“不过……不是一骑到底吧？”海军上将奇怪地看着玛丽阿姨。

“他们一人就骑一次！”她严厉地解释。

“那非常好！一路平安吧！”他说话的声音对于他平时的声音来说算

是斯文的了。

接着叫孩子们惊呆了，他一个立正，把手举到了前额，利落地向玛丽阿姨敬了个礼。

“嘿噜噜！”他像吹喇叭似地擤了擤鼻子，“升帆！启锚！心肝，开走了，开走了！”

他挥着手，从人行道的这边晃到了那边。一边走一边大声唱到：

“每个好姑娘都爱水手！”

“他为什么要说一路平安，还叫你心肝呢？”迈克尔走到了玛丽阿姨身边，看着海军上将离去的背影，好奇地问道。

“因为他觉得，我是个非常值得尊敬的人！”她一本正经地说。但是她的眼睛里有另一种温柔的恍惚眼神。

简又产生了那种奇怪的，既担心又难过的感觉，她的心又收紧了。

“要发生什么事了吧？”她担心地问道。她把手朝着摇篮车把手伸进去，放在了玛丽阿姨的手背上。这样让她有一种温暖、安心和舒适的感觉。

“我多么傻呀！”她轻轻地说，“一定不会发生什么事的。”

她匆匆忙忙地走在了摇篮车的旁边，它滚动着朝着公园走去。

“等一等！请等一等！”后面传来了一个上气不接下气的声音。

“怎么了，是塔特莱特小姐！”迈克尔回过头来说。

“实际上，这话你说错了。”塔特莱特小姐喘着粗气说，“我现在是颠倒太太了！”

她红着脸向着颠倒先生靠过去。他站在她的旁边，有点害羞地笑着。

“今天是这个月第二个星期一吗？”简疑惑地问他。他现在是头朝上脚朝下的，因此她觉得今天不太可能是第二个星期一的。

“不是的，不是的！谢天谢地，今天不是！”他赶紧说，“我们……呃……我们不过是过来说一句……噢，你好，玛丽！”

“你有什么事吗，阿瑟哥？”他们大家握了握手。

“我觉得，你应该是来骑旋转木马的吧？”他问道。

“对，我们都骑！”

“都骑！”颠倒先生的眉毛竖到了头顶上。他好像很吃惊。

“他们一人就骑一次！”玛丽阿姨向孩子们这边点了点头，“请坐好了！”她对兴奋地跳了起来的双胞胎厉声地说，“你们可不是做表演的耗子！”

“哦，原来是这样。那么，他们要下来吗？好的，再见了。玛丽，祝你一路顺风！”颠倒先生郑重其事地举了举帽子。

“再见，感谢你们能来送我！”玛丽阿姨优雅地向颠倒先生和颠倒太太敬礼。

“一路顺风到底是什么意思？”迈克尔回头看着他们慢慢走开了，颠倒太太很胖很矮，而颠倒先生却又高又瘦。

“就是一路平安的意思！如果你不好好地走就一路顺风不了！”玛丽阿姨凶狠狠地说，迈克尔匆匆忙忙在后面跟着。

现在音乐声越来越响了，把大家都给吸引了过去。

玛丽阿姨迅速地把摇篮车转向了公园的大门，可是她一看见人行道上的一排画，一下子就停下了。

“她为什么要停下？”迈克尔悄悄生气地对简说，“这么磨磨蹭蹭的，我们永远也不可能到！”

人行道上的画家用彩色粉笔画了一排排水果——苹果、梨、香焦、梅子。他还在它们下面写着字：

“请拿一个吧。”

“咳！”玛丽阿姨用女人特有的方式咳嗽了一声。

人行道上的画家一下子跳了起来，简和迈克尔看到了，这是玛丽阿姨的好朋友，卖火柴的人。

“玛丽！我等了你一整天！你终于来了！”

卖火柴的紧紧地抓住她的双手，目光热烈地看着她。

玛丽阿姨觉得非常不好意思，不过样子还是非常高兴。

“伯特，我们现在要上旋转木马去。”她红着脸说道。

他点了点头，“我原本就想到你会去的。他们也跟你一起离开吗？”他用大拇指指了指孩子们，加上了一句。

玛丽阿姨神秘地摇了摇头。

“他们一人只骑一次。”她飞快地回答一句。

“哦，我明白了。”他噘起了嘴。

迈克尔瞪大眼睛看着他们。他们上旋转木马那儿去，除了骑旋转木马还能有其他什么事呢？他动着脑筋想着。

“你画了一组漂亮的画！”玛丽阿姨低头看着水果，称赞说。

“那请吧！”卖火柴的骄傲地说。

玛丽听了之后，当着吃惊的孩子们，弯腰从人行道上捡起画出来的一个梅子，咬了一口。

“你不想要拿一个吗？”卖火柴的转过脸问简。

她吃惊地看着他。“我也能拿得起来吗？”看起来是根本不可能发生的。

“先试一试吧！”

她向着苹果弯下腰去，苹果自动跳到了她的手上。她在红的一边咬了一小口。真是甜极了。

“这到底是怎么办到的？”迈克尔瞪大眼睛疑惑地问他。

“办到这个的不是我，而是她！”卖火柴的说，他朝严肃地向站在摇篮车旁边的玛丽阿姨点了点头，“我告诉你吧，只有她在的时候才会发生这样的事！”

他边说着边弯腰从人行道上捡起了一个梨，递给迈克尔。

“那你不吃？”迈克尔虽然很想要梨，但也要表现得懂礼貌。

“我不要！”卖火柴的说，“我随时都可以画！”他说着又捡起了香蕉，剥皮后，给了双胞胎一人一半。

清脆动听的音乐声飘进了他们的耳朵里。

“好了，我们真的应该走了，伯特！”玛丽阿姨边匆匆忙忙地说着，边把梅子核整整齐齐地放在了公园的两根铁栏杆中间。

“一定要走吗，玛丽？”卖火柴的悲伤地说道，“那好吧，亲爱的，再见！祝你永远幸福！”

“你还会看见他吗?”迈克尔跟着玛丽阿姨走进大门时期待地问。

“也许看得见，也许永远看不见了!”她简短地说了一句，“不过这可跟你无关!”

简回头看，发现卖火柴的站在了他那盒粉笔旁边，一动也不动地看着玛丽阿姨。

“今天真是个奇怪的日子!”她皱着眉头说道。

玛丽阿姨看了看她。

“请问还有什么不对劲吗?”

“嗯，人人都跟你说再见，看着你的样子又都那么奇怪。”

“我想是因为说话不用花钱。”玛丽阿姨严厉说，“猫也能见到国王?”

简闭嘴不说了，因为她明白跟玛丽阿姨说话没什么用处，因为玛丽阿姨从来都不肯跟他们解释。

她叹了一口气。她不明白她为什么要叹气，接着她就跑了起来，跑过了迈克尔、玛丽阿姨和摇篮车的旁边，向着震耳的音乐声跑了过去。

“等等我!请等等我!”迈克尔尖叫着追了上去。他后面的摇篮车嘎达嘎达地滚动，玛丽阿姨赶紧跟了上来。

旋转木马放在了菩提树中间那块草地上。整座旋转木马都是全新的，闪闪发光的一匹匹木马在那些铜杆之间一上一下地向前转动。棚顶上飘扬着一面条纹旗，到处都装饰着华丽的金色的纸卷、五彩的鸟和星星、银色的叶子，跟拉克小姐说的一模一样，实际上更美了。

旋转木马慢了下来，他们一到就停下了。公园里的看守人大模大样地跑了上来，紧紧抓住一根铜杆。

“来吧快来吧!三便士骑一次!”他严肃地叫道。

“我知道我想要骑哪一匹了!”迈克尔边说着边向一匹马跑了过去，那匹马被漆成了蓝色和红色的，金颈圈上还写着“快腿”两个字。他一下子爬上马背，紧紧抓住了铜杆。

“不可以乱扔垃圾，请好好遵守规则。”简跑过时，看守人大惊小怪地怪叫道。

“我骑，闪光!”简激动地指着一匹雪白的马叫道，它的名字就写在了红色的颈圈上。

玛丽阿姨把双胞胎从摇篮车上抱了下来，把巴巴拉放在了迈克尔前面，接着把约翰放在了简的后面。

“你们是骑一个便士的，两个便士的，三个便士的，四个便士的，还是五个便士的?”旋转木马的管理员收钱时问。

“六个便士的。”玛丽阿姨边说着边给了他四个六便士的硬币。

孩子们看着她惊呆了。他们从来都没有骑过六便士的旋转木马。

“不能乱扔垃圾!”看守人死死地看着玛丽阿姨手里的票子大叫道。

“你现在不上来吗?”迈克尔低下头叫着玛丽阿姨。

“请抓紧点儿！抓紧点！我骑下一轮就行了!”她简短地回答道。

旋转木马棚的烟囱上面响起了汽笛声，音乐又响了起来。木马开始慢悠悠、慢悠悠地转动起来。

“请抓紧点儿!”玛丽阿姨一本正经地叫道。

于是他们都抓紧了铜杆。

树木从他们的身边经过，铜杆穿过马背，一上一下的夕阳照亮了他们。

“坐稳点儿!”后面又传来了玛丽阿姨严肃的声音。

他们坐稳了。

旋转木马渐渐加快了速度，这个时候树木在他们身边转得更加快了。迈克尔抱紧了巴巴拉，而反手抱紧了后面的约翰。他们越转越快，头发向后飘动着，风狠狠吹在了他们的脸上。“快腿”和“闪光”背着孩子们不停地转啊转，公园也在他们的周围旋转着。

好像他们永远都不会停下来了，好像根本就没有时间这个东西存在了，好像世界不过是一圈光和一群被漆得五颜六色的木马。

暮色降临，太阳西下，但是他们还在骑木马，越转越快，到了最后连树木跟天空也分不出来了，好像整个广阔的大地都在他们的周围旋转着，像陀螺似的发出了深沉的声音。

简、迈克尔、还有双胞胎再也不可能会像这次骑旋转木马时更加接近地球的中心了，他们好像也明白了这一点。

“再也不会如此接近！再也不会了!”当大地在他们的周围旋转的时候，他们在暮色中骑马旋转的时候，他们心中唯一想到的就是这个。

渐渐地树木不再是一个个模糊的绿点了，它们的树干又能看见了。天空离开了地面，公园也停止了旋转。马越转越慢，越转越慢，最后停了下来，一动也不动了。

“来吧快来吧！三便士骑一次！”看公园的人在远处吆喝道。

四个孩子骑了好半天，人都变得僵硬了，慢慢从马背上爬了下来。但他们的眼睛闪闪发光，声音兴奋而颤抖。

“噢，好玩，好玩，太好玩了！”简用闪闪发光的眼睛看着玛丽阿姨大叫道，把约翰和巴巴拉重新放进了摇篮车里。

“如果我们能永远骑下去就好了！”迈克尔兴奋地叫道。

玛丽阿姨低下头来看看他们，她的目光在越来越浓的暮色中变得异常地温柔。

“所有的好东西都有结束的时候，”这是她这一天里第二次说这句话了。

接着她抬起头来看着旋转木马。

“现在轮到我了！”她高兴地大声说着，弯腰从摇篮车里拿起了一样不知道是什么东西。

然后她挺起腰来，站着看了他们好一阵——这奇怪的眼神好像要透过他们心中，看一看他们在想些什么。

“迈克尔！”她轻轻地摸了摸他的脸颊说道，“要听话哦！”

他瞪大眼睛吃惊地看着她，心里觉得非常不舒服，她为什么要这样做呢？到底发生了什么事？”

“简！要照顾好弟弟和妹妹！”玛丽阿姨说。她抓住简的手，把它轻轻地放在了摇篮车的手把上。

“上马！快点上马！”收票的着急地叫道。

旋转木马的灯又亮了起来。

玛丽阿姨转过了头去。

“这就来了！”她挥动着鹦鹉头的伞叫道。

她冲过了孩子和旋转木马之间的黑暗。

“玛丽阿姨！”简大叫了起来，声音非常颤抖。因为她突然之间——也不知是为什么——开始觉得害怕了。

“玛丽阿姨!”迈克尔也感染了简的害怕，大声叫了起来。

但是玛丽阿姨没有回答他们。她姿势优雅地跳上了平台，爬上一匹名叫“焦糖”的马的马背，端端正正地坐好了。

“单程票还是来回票?”收票的问她。

她好像把这个问题认真考虑了一下，看了看孩子们，又回过头来看了看收票的。

“我也不知道买什么好。”她心事重重地说，“也许这样更好，我还是买来回票吧。”

收票的在一张绿色的票上打了一个洞，递给了玛丽阿姨。简和迈克尔注意到她没有给钱。

音乐又响了起来，先是很轻，接着变得很响，很狂热，很神气。漆过的木马又开始慢慢地转了起来。

玛丽阿姨笔直地向前看，被木马带过了孩子们的身边。她伞上的鹦鹉头紧紧贴在了她的胳肢窝里。她的双手紧紧握住铜杆。在她的面前，在马的脖子上……

“迈克尔!”简紧紧抓住他的胳臂大声叫道，“你看见了没有?她一定是把它藏在了坐垫上!她的毯子手提袋!”

迈克尔瞪大了眼睛看着。

“你想……?”他悄悄地开口问道。

简点了点头。

“但是她脖子上还带着她的金盒子!项链没有断!我看得非常清楚!”

双胞胎开始在他们后面呜呜地哭着，可简和迈克尔没管理他们，只顾得上担心地看着闪闪发亮的旋转木马。

旋转木马这时转得更加快了，一转眼的工夫之间，孩子们已经分不清哪匹马是“快腿”哪匹马是“闪光”了。接着眼前的一切都成了一片片旋转的光，只有那个黑影既熟练又安稳地不断接近了过来，又飞快地转过去不见了。嗡嗡的音乐声变得越来越激烈。旋转木马也越转越快了，黑影又骑着那匹带斑点的马转了过来。这一次她经过时，脖子上有一样闪亮的东西断了，一直飞到了他们脚边。

简弯下腰来捡起了它。是那个金盒子，松松地挂在了断了的金链上。

“真的，”迈克尔激动地大叫，“那么她说的是真的！噢，快打开它，姐姐！”

简哆嗦着按了按开关，金盒子一下子打开了。闪烁的光射在了玻璃上，他们看见里面是他们自己的画像，紧紧靠着一个人——挺亮的黑头发，严肃的蓝眼睛，闪闪发亮的粉红色脸颊，鼻子稍微有点翘，就像是荷兰玩偶的鼻子。

“班克斯家的简、迈克尔、约翰、巴巴拉还有安娜贝儿和玛丽·波平斯。”

简念出了画像下面涡卷形框子里写的几行小字。

“原来里面放得是这个！”简把金盒子关上了，放进了她的口袋里，迈克尔伤心地说道。他知道这下子没有希望了。

他们又转过脸去，去看迷失在了让人眼花缭乱的旋转的光里的旋转木马。这个时候木马转得前所未有的快了，嗡嗡的音乐声也变得前所未有的响了。

紧接着发生了一件古怪的事。伴随着震耳欲聋的喇叭声，整座旋转木马旋转着从地面上升了起来。它转啊转啊，越升越高，里面那些五颜六色的马也在旋转，带头的是“焦糖”和玛丽阿姨。旋转的光从树木间升了上去，它经过的地方，树叶被照得变成了金色。

“她离开了！”迈克尔伤心地说。

“玛丽阿姨，噢，玛丽阿姨！回来吧！快回来吧！”他们向她举手大叫道。

可她的脸转开了，在马背上面安详地向前凝视着，像一点也没听见他们声音的样子。

“玛丽阿姨！”这是最后的绝望的呼喊。

空中没有传来应答的声音。

这个时候旋转木马早已经离开了树木，旋转着直上到了星空。它越走越远，越来越小，一直到玛丽阿姨在旋转的光中变得只剩下了个黑点。

旋转木马就这样带着玛丽阿姨不断地升啊升，越过天空，最后变成了闪烁着的一个光点，跟其他星星没有任何区别了，只是稍稍比它们大那么一点儿。

迈克尔吸了吸鼻子，摸着他的手帕。

“我脖子抽筋了。”他解释他为什么要吸鼻子。可趁简没注意的时候，赶快擦了擦眼睛。

简仍然盯住那个闪烁着的光点，轻轻地叹了一口气，接着她转过身来。

“咱们现在得回家了，”她想起了玛丽阿姨提醒过她要照顾好弟弟和妹妹，平静地说。

“来吧，快来吧！三便士骑一回！”看公园的人刚去把垃圾捡进了垃圾篓里，回到这里来的时候，看见本来有座旋转木马的地方，他就大吃了一惊，张大了嘴四处张望着。他抬起头来，眼睛差不多都迸出来了。

“唉呀！”他哇哇大叫道，“这是不可能发生的！刚才明明还在这儿，转眼就没有了！这不合规矩！我要跟你讲道理。”他对着空中拼命地挥着拳头。“我从来没有见过这种奇怪的事！从来没有见过！我要报告！我要报告给市长！”

孩子们一声不吭地转身离开了。旋转木马没有在草地上留下任何一点痕迹，苜蓿丛里也没有任何凹痕。除了公园看守人站在那里又叫又挥手的，草地上一点儿东西也没有。

“她买了来回票的，”迈克尔慢悠悠地从摇篮车旁边走过，“你觉得，她还会回来吗？”

简想了一会儿，“也许吧。如果我们非常想她的话……”她慢慢地说。

“对，也许吧……！”迈克尔也跟着重复一句，叹了一口气，一直到回到儿童室他都没有开口说过话……

“大家听啊！快听啊！快听啊！”

班克斯先生跑过了花园小路，冲进了前门。

“喂！大家在什么地方？”他一步三级地上了楼，大声地嚷嚷着说。

“发生什么事了？”班克斯太太着急地向他奔了进来。

“一件最奇怪的事情!”他推开儿童室门大叫道,“天上出现了一颗新的星星,我是在回家路上的时候听说的。一颗前所未有的最大的星星。我向布姆海军上将借来了望远镜想要看它。都快来看吧!”

他跑到了窗口,举起了望远镜。

“一点也没错,一点也没错!”他起劲地跳着说,“我看见了,就在那个地方!一个奇迹!一次壮观!一个美景!一颗宝石!你们自己看吧!”

接着他把望远镜递给了班克斯太太。

“孩子们!天上出现了一颗新的星星!”他叫道。

“我知道……”迈克尔说,“可那不是星星。而是……”

“你知道?不是星星?你这到底是什么意思?”

“别搭理他。他不过是在说傻话!”班克斯太太说,“喂,星星在什么地方?哦,我也看见了!太好看了!整个天上最亮的一颗!我很奇怪它是从什么地方来的!喏,孩子们!”

她把望远镜给简和迈克尔让他们轮流看。他们从望远镜中望去,明显地看到了五彩的木马、铜杆和黑点在那团团转,那黑点不断地转过来,转过去,最后消失不见了。

他们转脸相互看了看,又点了点头。他们知道这黑点到底是什么——是一个非常整洁漂亮的人,穿着银扣大衣,戴硬草帽,胳肢窝里还夹一把鹦鹉头的伞。她从天空中下来,最后又回到天上去了。简和迈克尔没办法跟别人解释,因为他们知道玛丽阿姨都有很多永远无法解释清楚的东西。

有人在敲房门。

“太太,对不起。”布里尔太太满脸通红,匆匆忙忙地跑进来,“我觉得你必须得知道,这这这次玛丽·波平斯又离开了!”

“离开了?”班克斯太太简直不相信自己的耳朵。

“一下子……就离开了!”布里尔太太洋洋得意地说道,“一声不吭,也不跟你讲一句,就跟上回一模一样。她的行军床和手提袋也消失了!就连她那本明信片薄子也没有留下来让我们作个纪念。就是这么一回事!”

“天哪!”班克斯太太说,“我的天哪!真烦人!这多没意思,多……乔治!”她向班克斯先生转过脸来,“乔治,你知道吗?玛丽·波平斯又离开了!”

“谁？玛丽·波平斯？什么？算了，我们别管这个了！咱们有了一颗新的星星了！”

“可新的星星不会给孩子们洗澡穿衣！”班克斯太太生气地说。

“但它会在晚上照进他们这间屋子里来！”班克斯先生兴奋地叫道，“这可比给孩子们洗澡穿衣强太多了。”

他依然转过脸去看着他的望远镜。

“对吗，我的壮观，我的奇迹，我的美景？”他仰起头看着那颗最亮的星星问道。

简和迈克尔靠过去紧挨着爸爸，透过窗台，看着外面的夜空。

在他们头顶上高高的地方，那个大点旋转着穿过了越来越黑的天空，闪闪发亮，把它的秘密保存下去，直到永远……